Hans Ernst

Die Tannhoferbuben

Hans Ernst

Die Tannhoferbuben

Roman

rosenheimer

6., neu bearbeitete Auflage

Bearbeitung, Lektorat und Satz:
Pro libris Verlagsdienstleisutngen, Villingen-Schwenningen
Titelfoto: Albert Gruber, Lajen (© Rosenheimer Verlagshaus)
Druck und Bindung: GGP Media GmbH, Pößneck
Printed in Germany

ISBN 3-475-53667-6

1

Robert Meißner pflügt auf dem Grandlacker, der so steil ist, dass man keinen Traktor dort einsetzen kann. Herb liegt der Geruch der frisch gebrochenen Erde in der Luft, und zuweilen dringt aus dem Wald der helle Klang einer Axt durch den kalten Frühlingstag. Die Pferde dampfen, und Robert wischt sich mit dem Handrücken den Schweiß von der Stirn. Sein Blick schweift den Hang hinunter, den nach Süden hin ein dunkler Wald begrenzt.

Weit unten liegt wie eine alte Burg auf einem sanften Hügelrücken der Tannhof in der blassen Aprilsonne. Zur Haustür führen drei Stufen mit einem schmiedeeisernen Geländer hinauf. Daneben steht in einer kleinen Nische eine handgeschnitzte Muttergottes. Auf dem Balkon, der sich um das ganze Haus zieht, sind noch keine Blumenkästen. Sie stehen im Keller, wo die Knospen der Geranien und Fuchsien bereits aufbrechen.

Weißer Rauch steigt aus der Esse und legt sich über den Dachfirst hin, als ob die graue Wolkenbank ihn niederdrückt, die sich von Westen her schon wieder vor die Sonne schiebt. Gleich wird ein neues Schneegestöber niedergehen und für eine kurze Weile alles verwischen, was von der Höhe aus zu sehen ist: den kleinen See in der Tiefe, an dessen Nordufer sich die Häuser und Höfe vom Markt Kirchzell entlangziehen, und oberhalb auf dem Hang das rote Dach des Kindersanatoriums Bergfried.

Über die Schulter zurückblickend, sieht Robert Meißner die Wolke näherziehen. Er schnalzt mit der Zunge und klatscht dem Leitpferd die Zügel auf die gut gepolsterte Kruppe. Die Pferde schlagen eine schärfere Gangart an worauf die blanke Pflugschar die Erde aufreißt, so dass eine Furche entsteht. Bahn um Bahn bearbeitet der Bauer den Acker auf diese Weise. Es sollen heuer Kartoffeln angebaut werden.

Wind kommt auf, die Baumwipfel rauschen und ächzen und bewegen sich wie ein dunkles Meer. Aus der Wolkenwand beginnt es zu graupeln. Die Pferde heben die Köpfe, ihre hellen Mähnen flattern in den Böen. Robert lenkt sie dem schützenden Waldrand zu und wartet dort mit ihnen, bis der Schauer vorüber ist.

Robert ist jetzt zweiundzwanzig Jahre alt, ein groß gewachsener Bursche, mit einem schmalen, kühn geschnittenen Gesicht. Ein Büschel seines blonden Haares zwängt sich eigenwillig unter dem Hut hervor. Seinen Händen merkt man die schwere Bauernarbeit wohl an, aber sie sind lang und feingliedrig geblieben und wissen neben dem Pflug auch das Schnitzmesser zu führen.

Das ist keine Seltenheit in dieser Gegend. Die Bauern betreiben das Schnitzen von jeher auf den Einödhöfen als Liebhaberei, fertigen hölzerne Löffel, Holzteller mit verschnörkelten Rändern, mitunter auch einmal ein äsendes Reh, Krippenfiguren und sonstige kleine Dinge. Zu einer wahren Meisterschaft hat es noch keiner gebracht, es sei denn, man lässt die Muttergottes in der Mauernische auf dem Tannhof dafür gelten. Die hat Roberts Urgroßvater geschnitzt, und sie mag schon über hundert Jahre alt sein.

Robert scheint diese künstlerische Ader geerbt zu haben. Zwar schlummert das Talent noch und kommt nur zuweilen zutage, aber ein wenig wild und störrisch, völlig undiszipliniert, und er versucht sich dann an allerlei seltsamen Figuren. Seine künstlerische Begabung muss noch in rechte Bahnen gelenkt werden, um ihr zum Durchbruch zu verhelfen. In solchen Stunden gärt und lodert es in ihm. Danach fällt alles Sehnen wieder trostlos zusammen.

Was will er denn? Seine Welt ist begrenzt, das heißt, sie wurde ihm begrenzt. Der Vater ist aus dem Krieg nicht heimgekommen, und die Mutter hat ihn zum Hoferben bestimmt, obwohl sein Zwillingsbruder Christoph auch noch da ist. Ausgerechnet ihm musste sie diese Zukunft weisen in der Überzeugung, dass keiner sich besser dazu eigne, einmal Bauer auf dem Tannhof zu sein. Nur weil der Vater es so gewollt hatte.

Da hört das Schneegestöber auf, die Wolken werden emporgerissen und flattern auseinander wie zerschlissene Betttücher. Ein Stückchen Blau zeigt sich, ganz dunkles Blau und feucht schimmernd. Die Ferne hellt sich auch auf, man sieht die Höfe wieder, den See, den Marktflecken und die Berge über dem Wald. Sie sind jetzt wie von Zucker bestreut, bis weit hinunter. Robert setzt den Pflug ein. Furche um Furche zieht er, weich legt die Erde sich zur Seite, bis vom Wald her die Schatten länger fallen. Daran misst er die Zeit. Eine Uhr braucht er nicht. Er spannt aus und zieht mit den Pferden zum Hof hinunter, der schon in der Dämmerung liegt. Im Stall brennt bereits Licht.

Christoph, der Bruder, kommt und hilft ihm, die Pferde in den Stall zu bringen. Die beiden Brüder sehen sich sehr ähnlich, nur trägt Christoph das helle Haar kürzer und ohne Scheitel. Auch ist er in den Schultern breiter und in seinem Wesen lärmender. Christoph rührt nie ein Schnitzmesser an. Stubenhocken ist nicht sein Fall. Ein scharfer Tarock im Wirtshaus, eine fröhliche Unterhaltung auf der Kegelbahn, das ist ihm lieber. In der Wahl seiner Freunde ist er auch nicht gerade zimperlich, und was die Mädchen betrifft, da weiß er weit besser Bescheid als sein Bruder. Wo der andere träumt, da greift Christoph beherzt zu und erobert so manches Mädchenherz.

Ja, so grundverschieden sind die Zwillinge. Christoph geht forsch und bedenkenlos an die Probleme heran, während sein Bruder Robert alles mit bedächtiger Sorgfalt abwägt. Darum vielleicht hat die Tannhoferin es sich in den Kopf gesetzt, dass Robert der Erbe sein soll.

Auf dem Hof lebt neben zwei altgedienten Leuten, die bereits ihre Rente beziehen, auch noch die junge Bärbel. Sie ist das Kind einer Magd, die bei der Niederkunft gestorben war. Ohne viel Umschweife hatte die Tannhoferin sich mit den Behörden auseinander gesetzt, damit sie das Kind bei sich behalten und großziehen konnte. Wie eine Schwester ist die Bärbel mit den beiden Buben aufgewachsen und geht nun in ihr achtzehntes Lebensjahr hinein.

Sie richtet gerade den Tisch in der großen Stube für das Abendbrot, während die Tannhoferin in der Küche hantiert. Sie ist eine große, schlank gewachsene Frau mit feinen Silbersträhnen im dunklen Haar. Klug und mit starker Hand bewirtschaftet sie den großen Hof, seit sie vom Schicksal so hart geschlagen wurde. Kaum fünf Jahre war sie mit dem

Andreas Meißner verheiratet gewesen, als sie die Nachricht erhielt, dass er nicht mehr auf den Tannhof zurückkehren würde. Damals hat man es ihr sehr übel genommen, dass sie in die Todesanzeige im Kreisblatt nicht schreiben ließ, dass der Bauer für Führer und Volk gefallen sei. »Nur fürs Vaterland«, hatte sie gesagt, »das genügt.«

Die Stallarbeit geht zu Ende.

Die alte Burgl kommt mit dem leeren Kälberschaff in die Küche, der Steffl wäscht sich am Brunnen die Hände und eilt dann, so schnell es seine Füße noch erlauben, die Steinstufen herauf unter das schützende Dach, denn es geht ein neuer Schneeschauer über dem Hof nieder. Nur etwa drei Minuten dauert das, dann zeigen sich wieder blaue Lücken am Firmament, das nun schon nachtblau ist. In einer der Lücken steht funkelnd der Abendstern.

»Essen!«, schallt die Stimme der Tannhoferin durch den Flur, und die Bärbel trägt die dampfende Suppenschüssel von der Küche in die Bauernstube.

Nach der Mahlzeit nimmt sich die Tannhoferin das Wochenblatt »Der Landwirt« vor, das sie immer gewissenhaft von vorn bis hinten studiert. Die Burgl liest in einem Buch über das Leben des heiligen Franz von Assisi, das sie längst auswendig kennen müsste, so oft hat sie es schon gelesen. Der Steffl sitzt im Winkel des mächtigen Kachelofens, der von der Küche aus geschürt wird. Seine müden, krummen Hände liegen auf den Knien und sehen aus wie die Wurzeln einer alten Fichte. Im fast zahnlosen Mund hält er die Pfeife, an deren Mundstück er den Gummiring einer Bierflasche angebracht hat, weil sie ihm sonst leicht aus dem Mund fallen würde. Der

Rauch steigt auf und hüllt sein Gesicht ein, zieht sich dann unter den wuchtigen Balken hin, die die Stubendecke tragen. Zuweilen wirft die Burgl einen schiefen Blick über die Nickelränder ihrer Brille und räuspert sich vernehmlich.

Ohne von der Zeitung aufzublicken, sagt die Tannhoferin: »Lass ihm doch sein Pfeiferl, wenn es ihm schmeckt.«

»Dann soll er keinen so stinkenden Tabak rauchen«, brummt die Burgl.

»Kauf mir halt du einen besseren«, antwortet der Alte. Er hat eine hohe, etwas raue Stimme, gerade als ob sie wieder zurückgekehrt wäre in den jugendlichen Stimmbruch.

Die beiden scheinen nicht gut aufeinander zu sprechen zu sein, aber das stört schon niemanden mehr. Das ist schon seit mehr als zwanzig Jahren so. Und doch sind sie einander auf ihre Weise zugetan. Die Burgl flickt und bügelt dem Steffl die Hemden, stopft seine Strümpfe, und er hilft ihr im Stall, brummend zwar, aber doch mit stillen Handreichungen, wo es nötig ist. Eigentlich hätten sie ja gar nicht mehr zu arbeiten brauchen. Die Tannhoferin hätte ihnen auch so Heim und Verköstigung gegeben nach so viel Jahren treuer Dienste. Aber sie können eben nicht stillsitzen, greifen überall zu und halten sich an die alte Lebensweisheit: Wer rastet, der rostet.

Die Tannhoferin ist froh um die beiden, denn Dienstboten sind rar geworden, und auf einen abgelegenen Berghof geht so leicht niemand mehr. Sie schafft ihnen selten etwas an, die beiden wissen immer, wo sie hinzulangen haben und wo Not am Mann ist.

Nach einer Weile kommt auch die Bärbel herein, setzt sich an den Tisch und beginnt an einer Decke zu sticken. Robert hat einen Holzklotz unterm Kanapee hervorgezogen und beginnt daran zu schnitzen. Es ist schönes, fein gemaßertes Lindenholz.

Aus dem Radioapparat tönt gerade der Acht-Uhr-Gongschlag. Dann folgen die Nachrichten und der Wetterdienst.

Die Tannhoferin legt die Zeitung beiseite und horcht.

»Von Westen her Auflockerungen mit gelegentlichen Regenschauern, die in höheren Lagen in Schnee übergehen.«

»Heuer lässt das Frühjahr aber ganz schön auf sich warten«, meint die Bäuerin. »Dabei wär's jetzt schon an der Zeit, dass wir die Kartoffeln auf dem Acker anpflanzen.«

»Übermorgen kann's schon ganz anders sein«, sagt Christoph, der eben zur Tür hereinkommt und seinen Hut von der Ofenstange nimmt. »Und eingelegt sind's ja dann schnell, die Kartoffeln. Beim Lechbruckner sind's auch noch nicht weiter.«

»Das braucht kein Maßstab zu sein«, meint der Steffl aus seinem Ofenwinkel heraus. »Der ist doch überall der Letzte.«

»Gehst denn du heut' schon wieder fort?«, fragt die Tannhoferin, und auf ihrer Stirn steht eine Unmutsfalte.

»Ja, zum Hirschwirt. Ausschusssitzung«, antwortet Christoph.

»Gestern Plattlerprobe, vorgestern Kegelabend. Du bist schon bald keinen Abend mehr hier daheim bei uns!«

»Nur nicht übertreiben«, sagt Christoph grinsend und fährt mit dem Ellbogen über den Rand seines Filzhutes, den ein Gamsbart ziert. »Ich hab halt kein Talent zum Schnitzen wie der Robert.«

»Mich wundert bloß, wie du mit deinem Geld auskommst«, meint die Bäuerin, »Das Wirtshausgehn kostet doch Geld. Dein Vater, Gott hab ihn selig, ist in der Woche halt nur einmal fortgegangen.«

»Ja, ich weiß, am Samstag. Und da hat er dann das Sonntagsfleisch mit heimgebracht.« Robert schmunzelt lausbubenhaft. »Ein paar Mal hab ich mir schon denkt, ob die Frau Mutter den Wochenlohn nicht ein bissl aufbessern könnt.«

»Es ist immer gut, wenn der Mensch was denkt«, antwortet die Tannhoferin. »Solang der Mensch denkt, schläft er nicht.« Sie lächelt dabei auf eine anmutige, fast mädchenhafte Art. Dahinter jedoch steht ihr eiserner Wille, niemals übers Maß hinauszugehen, wenn es sich um Geldsachen handelt. Die Buben haben keinen Lohn, sie haben ihr Taschengeld, jeder hundert Mark in der Woche. Das scheint ihr genug, zumal sie sonst für nichts aufkommen brauchen. Christoph nennt es Geiz und weiß sich im Übrigen selber zu helfen. Nur meint er manchmal, er müsse eine Kleinigkeit zu seiner Verteidigung sagen. »Im Großen und Ganzen hab ich ja Glück beim Kartenspiel«, protzt er. »Kürzlich hab ich an einem Abend sechsundvierzig Mark gewonnen.«

Robert lässt das Schnitzmesser einen Augenblick sinken und blickt auf.

»Aber nicht beim Tarocken.«

»Nein, tarockt haben wir nicht.« Christoph wirft einen mitleidigen Blick auf Roberts Schnitzarbeit. »Was soll denn das werden?«

»Du solltest eigentlich erkennen, dass das ein Auerhahn wird.«

»O weh, o weh!« Christoph lacht gerade heraus. »Verlegst dich jetzt auf Federvieh! Vorige Woche hab ich noch einen balzen hören. Das ist mir durch und durch gegangen. Es gibt bloß nimmer viele in unserer Gegend. So, so, ein Auerhahn wird das. Wie man nur seine Zeit so vertrödeln kann! Mir wär's zu langweilig. Also, ich geh jetzt. Gut Nacht miteinander.«

Man hört seine Schritte über die Flurdielen gehen und die Haustür ins Schloss fallen. Der Wind pfeift im Kamin, und an die Fenster prasseln die Graupel.

Eins nach dem andern verlässt die Stube. Man geht immer zeitig schlafen auf dem Tannhof. Robert betrachtet sein Schnitzwerk. Stolz hebt der Vogel den Kopf. Er ist in Balzstellung. Ganz zart sind die Federn herausgearbeitet, ein bisschen gesträubt, als würden sie vom Morgenwind aufgepludert.

Schweigend ist die Tannhoferin hinter ihn getreten und blickt ihm über die Schulter.

»Schön«, sagt sie dann. Kein Wort mehr, aber in diesem einem Wort ist alles ausgedrückt, was ihr einfacher Sinn zu geben hat für derlei Dinge.

Roberts Augen leuchten auf. »Gefällt er dir?«

»Ich hab ja schon gesagt, dass er schön ist.«

Schon ist sie weggegangen, zum Spiegel hin, vor dem sie die geflochtene Haarkrone öffnet, so dass das Haar wie ein dunkler Mantel, reich gewellt, ihr über die Schultern fällt. Robert ist fasziniert. Ihm ist, als erhielte er von irgendwoher den Auftrag, dies zu gestalten. In diesem Augenblick dreht sich die Tannhoferin um. »Musst denn du allweil bis in die späte Nacht hinein schnitzen, Robert?«

Er legt das Messer weg und schaut zu ihr auf. »Jetzt hast du es richtig getroffen, Mutter. Ja, ich muss. Etwas zwingt mich einfach dazu.«

»So, wer denn? Die Linde Burgstaller wahrscheinlich«, schlägt ihm die gereizte Antwort entgegen. »Ich weiß nicht, wie du dir das vorstellst. Das ist doch nie im Leben eine Frau für dich!«

»Warum nicht? Früher hast sie immer gelobt über den Schellenkönig. Und jetzt auf einmal ...«

»Ja, jetzt auf einmal. Als ihr noch Kinder gewesen seid, war das was anderes. Aber jetzt — nein, Bub, sie ist keine Frau für dich.«

»Du meinst keine Bäuerin.«

»Genau das. Oder glaubst du vielleicht, dass der Doktor Burgstaller damit einverstanden ist?«

»Das weiß ich nicht.«

»Dann werd ich ihn fragen.«

»Das lass bleiben!«, fährt Robert auf. »Du bildest dir ganz einfach ein, dass ich Bauer werden muss. In den Gedanken hast du dich verbohrt, und ich muss mich fügen. Was hast du denn gegen die Linde?«

»Nichts. Sie ist bildhübsch, aber eine Bäuerin wird sie nie sein. Es ärgert mich einfach, dass sie dir Flausen in den Kopf setzt. ›Du müsstest Bildhauer werden, auf eine Schule müsstest du‹ und lauter so dumme Sachen.«

»Sie scheinen nur dir dumm, weil du dich nicht hineinversetzen kannst in eine andere Welt.«

»Gott sei Dank! Ich steh immer noch auf dem Boden der Tatsachen! Einer muss ja schließlich einen klaren Kopf behalten. Solange ihr noch Kinder gewesen seid, da hab ich mir gedacht, lass sie nur träumen. Einmal werden sie schon ausgeträumt haben.«

Robert starrt auf die Dielenbretter unter seinen Füßen. Dann richtet er sich auf. Seine Augen funkeln. »Soll ich vielleicht hingehen und einfach sagen: Linde, zwischen uns ist es aus. Ich mag dich nicht mehr. Und alles, was ich dir gesagt habe, war Lüge! So einfach stellst du es dir vielleicht vor. Aber dann hättest du mich anders erziehen müssen oder mir weniger von deiner Aufrichtigkeit vererbt haben sollen.«

Die Tannhoferin wird nun doch ein wenig nachdenklich. Sie zwingt den Zorn nieder, der aufkommen will und lässt den Kopf sinken.

»Ich hab nicht gewusst«, sagt sie nach einer Weile, »dass es so um euch beide steht.«

»Schließlich bin ich zweiundzwanzig, Mutter, und die Linde neunzehn.«

»Man vergisst zuweilen, dass die Jahre so schnell dahingehen«, antwortet die Mutter aus tiefem Sinnen heraus.

Robert kneift die Lippen zusammen. Was weiß denn die Mutter schon, auf welche Weise er dieser Rosalinde Burgstaller verbunden ist! Sein Herz ist angefüllt für sie mit großer Dankbarkeit, denn nur sie allein hat ihn immer verstanden. Sie hat das Verborgene in ihm zu lösen versucht, und von ihr sind viele Anregungen zu künstlerischem Schaffen wie ein loderndes Feuer auf ihn übergesprungen. Und Liebe? Sie haben sich ein paar Mal geküsst, weiter nichts. Für Robert ist es einfach unsinnig, dass die Mutter immer nur an den Hof denkt, auf den Linde nicht passen würde. Darüber hat er mit Linde nie gesprochen.

In letzter Zeit, ja, da hat sich tatsächlich etwas verändert, und mit prickelnder Neugier, sogar mit etwas Angst sieht er dem Wiedersehen entgegen, wenn sie Ostern in die Ferien heimkommt.

Rosalinde, die Tochter des Landarztes Burgstaller, schreibt ihm, dass sie aufs Abitur zusteuert. Davon versteht er zwar nicht viel, aber ihm macht das, was er zwischen den Zeilen zu lesen meint, zu schaffen. Kürzlich hat sie ihm ein Foto beigelegt, auf dem ihre blonden Locken ihr liebes Gesicht umschmeicheln. In ihrem Blick liegt ein wundersamer Zauber. Immer wieder hat sie ihm in ihren wöchentlichen Briefen ihr Verständnis für sein schöpferisches Wollen gestanden. Sonntags schreibt sie diese Briefe, und an jedem Dienstag kommen sie an. Und jeder Brief ist ein Lobgesang auf ein Leben, wie er es bisher nicht kennt. Zwischen den Zeilen läuten die Glocken von Liebesseligkeit, aber es schreibt sich eben alles leichter, als man dann zu tun bereit ist. Immerhin bewirken diese Briefe, dass er mit großer Unruhe und wachsender Sehnsucht auf die Osterferien wartet.

Robert verschließt die Briefe in einer kleinen Holzkassette, deren Schlüssel er immer bei sich trägt. Sie sind sein Geheimnis, und niemand soll sie zu lesen bekommen. Er weiß nicht, dass der Christoph sich längst einen zweiten Schlüssel verschafft hat. Nein, daran denkt er nicht im Traum.

2

Mit vollem Klang läuten die Glocken von Kirchzell nach dreitägigem Schweigen den Ostersonntag ein. Die Glocken, so heißt es im Volksmund, seien nach Rom geflogen gewesen und nun zurückgekehrt, um noch schöner zu klingen als vorher. Es ist ein strahlender Frühlingstag. Kleine weiße Wolken schwimmen im tiefen Blau des Himmels und ziehen langsam über die Berge hin.

Der Hausgarten vor Tannhof ist mit Schneeglöckchen übersät. Es schaut aus, als hätte es in der Nacht geschneit. Jedoch Schnee und Kälte sind längst vergessen. Der Frühling ist ins Tal eingezogen.

In der Stube steht die Bäuerin vor dem Spiegel und drückt den schwarzen, goldbestickten Bänderhut aufs Haar. Die Goldkette mit dem Rubinschmuck funkelt an ihrem Hals in der Morgensonne, die durch die Fenster hereinfällt. Die Ohrgehänge zittern bei jeder Bewegung des Kopfes.

Die Tannhoferin lächelt ihrem Spiegelbild zufrieden zu, darüber, dass ihr Haar nur wenige graue Strähnen aufweist und ihr Gesicht keine Falten hat.

Und so etwas ist Witwe geblieben, denkt mancher im Marktflecken drunten und darüberhinaus. Vielleicht lächelt die Tannhoferin auch darüber, denn sie weiß, was man über sie redet. An Freiem hätte es ihr wahrhaftig nicht gefehlt. Doch was die Gemeinschaft von Mann und Frau einmal für sie bedeutet hat, das liegt weit zurück und ist begraben in fremder Erde. Aber der Mann lebt in ihrem Herzen in der Erinnerung weiter, dieser große, breitschultrige Mann mit den hellen Augen und den sparsamen Gesten, dem schmalen Mund, der gerne schwieg und doch so herzhaft lachen konnte.

›Ich bewahre mich für dich auf, Andreas‹, hat sie sich damals gelobt, weil sie nicht hat glauben können, dass so viel Lebensfreude und -kraft ausgelöscht sein konnten, gestürzt wie ein Baum im Herbststurm. So hat die Tannhoferin dem Toten die Treue gehalten. O ja, sie hätte mehrere Male heiraten können, aber neben der Treue zu ihrem Mann spielte auch der Gedanke eine Rolle, den Buben keinen Stiefvater zu geben. Sie sollten in ihrem Erbe nicht geschmälert werden.

Sie ist vom Spiegel weggetreten und schaut zum Fenster hinaus.

Der Morgenwind streicht sanft über die ersten Tulpen und Narzissen im Hausgarten und eine Amsel singt im Wipfel des alten Nussbaums. Weit öffnet die Tannhoferin das Fenster, als wollte sie, dass alles ungebrochen hereinfalle in die Stube: das Glockenläuten, das sanfte Rauschen des Bergwindes und das Lied der Amsel.

Die Stubentür geht auf, die Vorhänge bauschen sich leicht im Zuwind, und über das Gesicht der Tannhoferin huscht ein Lächeln. Christoph und Robert sind in die Stube getreten, gekleidet in den hellgrauen Trachtenanzügen, die sie zu Ostern bekommen haben. Sie sind wirklich eine Augenweide in ihrer Schlankheit und mit den braun gebrannten Gesichtern. Wenn sie fast gleich gekleidet sind, kann man sie auf den ersten Blick kaum unterscheiden.

Aber das Auge der Mutter täuscht sich nicht. Außerdem hat Christoph eine kleine Narbe über dem linken Auge, an die er nicht gerne erinnert wird.

»Können wir gehen?«, fragt die Mutter und greift nach dem Gebetbuch, das auf dem Fenstersims liegt.

»Es eilt noch nicht«, meint Christoph. »Ist ja noch nicht einmal halb acht.« Dabei greift er in das Körbchen mit den geweihten Eiern, das die Bärbel aus der Frühmesse mitgebracht hat. Er nimmt eins davon heraus und klopft es an der Tischkante auf. »Die Schale geht schlecht runter«, stellt er fest und streut etwas Salz auf das Ei. Dann lacht er in seiner lauten, unbekümmerten Art. »Mein Lieber! Der neue Kaplan hat Haare auf den Zähnen! Der hat mich gestern ganz schön hergenommen im Beichtstuhl und hätt mich bald nicht absolviert, weil er gemeint hat, ich hätt was getrunken. ›Ühr Atem rücht nach Bür‹, hat er gesagt.« Und wieder muss Christoph lachen, weil es ihm so gut gelungen ist, den jungen Geistlichen nachzumachen. »›Rücht nach Bür‹, hat er gesagt. Dabei hab ich bloß noch schnell beim Bruckwirt ein Bier und einen Schnaps getrunken.«

»Und das hat sein müssen?«, fragt die Mutter mit strengem Blick.

»Ja, weil ich einen Durst gehabt hab auf das Kraut vom Mittag«, antwortet Christoph und schiebt den Rest des Eis in den Mund. »Aber das versteht so ein junger Pfarrer noch nicht. Und — ein neuer Besen kehrt immer besser als ein alter. Der lässt schon noch nach, wenn er länger da ist.«

»Oder auch nicht«, meint die Tannhoferin.

»Doch, doch«, behauptet Christoph. »Es ist doch so, dass ein Pfarrer sich nach uns richten muss und nicht wir uns nach ihm.«

»Da wär er schön dumm«, sagt die Mutter mit leichter Erregung in der Stimme. »Du hast in letzter Zeit überhaupt so komische Ansichten.«

»Ja, wie denn?«, fragt Christoph und bürstet den Staub von seinem Hut sorgfältig ab.

»Ein bissl rot kommst du mir vor. Das hätte dein Vater noch erleben sollen!«

Darüber ist sogar Christoph verblüfft. Was die Mutter mit rot meint, das weiß er zwar. Aber politisch hat er sich noch nie betätigt. Dazu hat er gar keine Zeit und auch keine Lust. Christoph nimmt das Leben so, wie es ist. Und es hat ihm allerhand zu bieten.

»Gehen wir jetzt?«, fragt Robert, der bisher geschwiegen hat. »Die Burgl läuft schon beim Wegkreuz unten!«

»Die holen wir noch leicht ein«, meint Christoph und stülpt den Hut übers Haar, ein bisschen schief und verwegen. Der Gamsbart breitet sich seidenweich mit feinen Silberspitzen über den dunkelgrünen Filz. Robert hat nur ein paar Reiherfedern auf seinem Hut. Aber er hat es aufgegeben, darüber nachzudenken, woher Christoph das viele Geld hat. Ein solcher Gamsbart ist immerhin ein paar hundert Mark wert.

Herrlich erglänzen Äcker und Wiesen im hellen Morgenlicht. Die Glocken beginnen wieder zu läuten, und es ist, als verstumme für einen Augenblick aller Vogelsang, um hernach um so jubilierender einzusetzen. Von allen Richtungen her sieht man die Menschen zum Kirchgang talwärts wandern.

Trotz aller modernen Errungenschaften, die Zeit und Welt erfassen und verändern, haben sich in diesem Tal noch einige alte Bräuche hartnäckig erhalten. Einer davon ist die »Kirchenwacht«. Sie geht reihum auf den Einödhöfen. Jeden Sonntag wird ein anderer damit bedacht. Wahrzeichen dieses Wächterdienstes ist eine uralte Hellebarde. Der mit ihr bewehrte Mann hat achtzugeben, ob während der Kirchenzeit ein Feuer ausbricht oder Diebe an die verlassenen Höfe heranschleichen.

An diesem Ostersonntag trifft es den alten Steffl vom Tannhof. Den Spieß unter den Arm geklemmt, geht er die Jährlingsweide hinauf. Von dort hat er eine wunderschöne Sicht auf den Marktflecken hinunter, auf den Lindlhof hinüber und auf all die anderen Höfe, die verstreut auf den Hängen liegen. Ruhig wandert sein Blick umher. Auf dem Krandlhof bellt ein Hund eine ganze Weile. Dann verkriecht er sich in seine Hütte und alles ist wieder still ringsum.

Er geht seine Runde, der alte Steffl, und hängt seinen Gedanken nach, die fünfzig Jahre zurückschweifen, solange wie er bereits auf dem Tannhof ist. Sein Geist ist noch wacher als seine Füße. Er muss sich niedersetzen und zündet seine Pfeife an. Er schaut den blauen Wölkchen nach, die langsam aufsteigen und davonziehen. Dann geht sein Blick wieder reihum, zum Marktflecken hinunter, auf den Kirchplatz, vor dem eine Menge Autos parken, genau wie auf dem breiten Vorplatz beim Kirchenwirt. Das ist auch eine von den neuen Zeiterscheinungen. Vor dreißig Jahren standen dort höchstens ein paar Pferdekutschen.

Ach ja, denkt der alte Steffl, vieles hat sich verändert und gewandelt in den langen Jahren. Nur die Äcker sind gleich geblieben, die Wiesen, die Wälder und die Berge. Der Steffl lächelt auf seine Weise, ohne die Lippen zu bewegen, so wie ganz alte Leute lächeln, wenn sie die Spieluhr ihres Lebens aufziehen und spielen lassen, Melodie um Melodie, fröhliche und traurige, wie Bilder in einem Film.

Das Wasser des Bannsees da unten glitzert von leicht gekräuselten Wellen. Wenn der Wind sich ein bisschen hebt, kann man aus den offenen Kirchentüren den Lobgesang vernehmen.

Langsam wandert sein Blick wieder zurück zum Tannhof. Auch der hat sich verändert in den fünfzig Jahren. Es ist immer etwas daran verbessert worden, der Stall zum Beispiel, das Dach des Hauses. Gleichgeblieben ist nur der Nussbaum vor dem Hausgarten. Breiter und ausladender ist er geworden in den Jahren, und er spendet seinen Schatten über den halben Hofraum hin. Die Stare pfeifen in seinem Geäst, und die Bank ist auch noch da, die er, der Steffl, vor vielen Jahren um den Stamm gezimmert hat.

Die Hellebarde im Arm, geht er dem Hof zu und ist anzusehen wie ein alter Landsknecht aus der Zeit der Bauernkriege. Er setzt sich auf die Bank unter dem Nussbaum, lehnt den Spieß neben sich, verschränkt die Arme über dem Bauch und schließt die Augen. Alles ist still, und die steigende Sonne fällt auf die Lider des alten Mannes und auf die blauen Adern, die wie ein Geflecht seine braunen Hände durchziehen. Da hört er Schritte vom Haus kommen und zum Brunnen gehen. Steffl öffnet die Augen und sieht die Bärbel mit einer Schüssel am Brunnen hantieren. Ganz hingegeben ist sie in ihre Tätigkeit, summt ein Lied und verstummt wieder. Im Aufblicken sieht sie den Alten unter dem Nussbaum und lächelt ihm zu.

»Ah, du bist da, Steffl! Schläfst du?«

»Ich darf nicht schlafen, muss den Hof bewachen und alles ringsum. Komm, Bärbel, setz dich ein bissl zu mir.«

»Ja, gleich, ich muss bloß schnell nach dem Braten schauen.«

Wenig später setzt sich die Bärbel zu dem Alten auf die Bank und schlingt die Arme um die aufgezogenen Knie. Aus dem Stall hört man das Rasseln der Rinderketten, und einmal schlägt ein Pferd donnernd gegen die Bohlen. Die Hühner gackern im Schuppen, und eben schleicht der Kater Muck an der Hauswand entlang und verschwindet im Stall.

»Alles musst du bewachen, sagst du. Mich auch?«, fragt Bärbel spielerisch in die Stille hinein.

Der Alte sieht sie eine Weile nachdenklich an.

»Dich sollt man bewachen, ja«, meint er dann ruhig. »Aber dazu langt meine Macht wohl nicht.«

»Wie meinst du das?«

»So wie ich es sage.«

»Ich versteh dich nicht, Steffl.«

Steffl holt die Pfeife wieder hervor und setzt sie in Brand. Durch den Schleier der Rauchwolken sagt er: »Du verstehst mich ganz gut, Bärbel. Mit dir ist nämlich irgendwas nicht mehr in Ordnung.« Er sieht, wie Röte in ihr Gesicht steigt. »Weißt, Bärbel, wenn meine Augen auch in die Weite hin nimmer alles sehen – was um mich vorgeht, das seh ich noch recht gut. Und was ich nicht sehe, das fühl ich. Und du, junges Weiberl, brauchst dich nicht zu verstellen vor mir. Dich kenn ich besser als alle andern dich kennen! So ein kleines Putzen warst noch, als ich dich umeinander getragen hab. Und immer hab ich dich gern gehabt. Hab dich heut noch gern, aber ich spür, dass eine große Sorg auf dich zukommt.«

»Ah geh, was du nicht alles spürst!«, lacht Bärbel. Aber es klingt nicht echt.

»Lach nur. Das Weinen ist dann nicht weit weg. Und du wirst noch weinen genug, wenn du dir das Unsinnige nicht aus dem Kopf schlägst. Sei ganz ehrlich, Bärbel: Du bist doch verliebt in den Robert?«

Ein heftiges Erschrecken. Schnell bedeckt die Bärbel mit den Händen ihre Augen, als schäme sie sich, dass jemand den Schleier von ihrem Geheimnis gerissen hat. Erst nach einer langen Weile nimmt sie die Hände wieder herunter und schüttelt den Kopf. »Ich bin nicht verliebt, wie du meinst, Steffl. Das ist viel mehr.«

»Dann ist es um so schlimmer.«

»Ich weiß schon, die Frau Mutter darf es nicht erfahren. Ich bitt dich, Steffl, sag nichts.«

»Nein, ich sag nichts. Aber das allein ist es ja gar nicht.«

»Ich weiß schon. Die Burgstaller Linde schreibt ihm doch dauernd.«

»Auch die wird ihn nicht erreichen, den Robert. Jetzt ist er noch ganz zahm, aber wart nur, wenn er die Flügel einmal spreizt und in die Welt hinausfliegt! Die Bäuerin meint, sie könnt ihn halten. Aber das kann sie nicht, sie nicht, du nicht und wahrscheinlich auch die vom Doktor Burgstaller nicht.«

Ein tiefer Seufzer. Dann streicht Bärbel eine lockere Haarsträhne hinters Ohr. Vergeblich versucht sie, das Zittern ihrer Hände zu verbergen.

»Wie weißt du denn das alles?«, fragt sie.

»Das seh ich doch! Du kannst dich ja kaum beherrschen. Wenn der Robert in die Stube kommt, dann leuchten deine Augen auf und sagen alles, was in dir vorgeht. Und wenn du ihm die Hausschuh am Abend hinstellst oder ihm in den Janker hilfst, dann schaut das so aus wie eine Handreichung aus Lieb.«

»Das alles siehst du?«, fragt Bärbel erschrocken.

»Das und noch viel mehr. Du kannst dich nicht verstellen, Dirndl.«

»Meinst du, dass das außer dir auch noch jemand bemerkt hat?«

»Der Christoph lächelt manchmal so spöttisch, grad als wenn er es auch schon gemerkt hätte.«

Eine steile Falte gräbt sich zwischen Bärbels Brauen. Sie denkt an die Blicke, mit denen Christoph sie zuweilen mustert, gerade als ob er abschätzen wolle, ob sie nun schon reif genug sei für seine Gelüste. Und plötzlich beginnen ihre Schultern zu zucken.

»Na also, jetzt tröpfelt das Wasser!«, sagt Steffl gutmütig und streicht ihr behutsam übers Haar.

»Ich kann doch nichts dafür, Steffl! Das hat ganz langsam angefangen, dann hat es mich jäh überfallen. Ich lieg nachts wach und hör auf seine Schritte, wenn er über die Stiegen kommt. Er lebt in meinen Träumen, und ich kann kaum mehr was anderes denken. Es war einfach da, so wie mittendrin ein Sturm aufkommt. Da kann man nichts dafür, Steffl!«

»Nein, für die Lieb kann kein Mensch was«, gibt er zu.

»Weißt du denn das?«

Ein Lächeln geht über die zerfurchten Züge. Und als müsse er die Antwort verhüllen, zieht er schnell an seiner Pfeife, bis sein ganzes Gesicht wieder eingewölkt ist.

»Ich bin doch auch einmal jung gewesen. So jung wie du. Und einmal ist es ganz wild über mich hergefallen. Mein Herz ist mir davongelaufen über einen hohen Zaun, hinter dem es nicht hätte suchen dürfen. Eine reiche Bauerntochter ist sie gewesen, die Margret vom Oberkofler zu Irlenhausen. Und wie sie das gespannt haben, haben sie das Madl fortgeschickt nach Tirol. Dort ist sie dann in der Passer ertrunken. Man weiß bis heut noch nicht, ob das wirklich ein Unglücksfall war.« Ein Seufzer und eine müde Geste über die Stirn hin mit zitternder Hand. »Das ist jetzt ein halbes Jahrhundert her. Wie die Zeit vergeht!«

Stille ist wieder zwischen den beiden. Nur das Wasser im Brunnen plätschert. Mit schimmerndem Rad stolziert ein Pfau langsam über den Hof, und ganz in der Ferne hört man wieder den Hund bellen.

»Und hernach hast du nie wieder ...«

Steffl unterbricht die Frage mit einer Handbewegung.

»Nie wieder«, gesteht er. »Richtig gernhaben kann man nur einmal im Leben. Menschen von unserer Art wenigstens. Der Christoph denkt freilich anders. Der vertut aber auch sein Leben in Irrtümern, und einmal wird er dastehen mit leeren Händen.«

»Wie zwei Brüder, die sich so gleichsehen, doch so unterschiedlich sein können in ihrem Wesen!«

»Manchmal ist so was schon in einer Familie in früheren Generationen da. Der alte Tannhofer, ich hab ihn noch gekannt, dem Christoph sein Großvater also, der hat es auch so toll getrieben. Gestohlen hat es der Christoph nicht!«

Vom Marktflecken herauf hört man jetzt die Wandlungsglocke.

Erschrocken springt die Bärbel auf.

»Jesses, Maria! Ich muss nach dem Fleisch schaun! Und gell, Steffl, sagst niemand, wie es um mich steht!«

»Geh, du Patscherl! Verrat dich nur nicht selber immer, und nimm dein Herzl ganz fest in die Händ, sonst musst noch viel Leid auf dich nehmen.«

»Ich werd mir Müh geben«, verspricht die Bärbel, dann verschwindet sie schnell im Haus.

Ein neuer Windstoß trägt die Laute aus der Tiefe herauf. Deutlich hört man jetzt die Blaskapelle und den Chor einer großen Menschenmenge.

Langsam geht Steffl die letzte Runde. Bald müssen die Tannhoferleut zurückkommen. Man läutet bereits den Wettersegen. Voll schwingen die Töne über die Fluren herauf.

3

Alljährlich findet, einem alten Brauch gemäß, am Ostermontag in Kirchzell das Georgifest statt. Anfangs nur ein kleiner Tanznachmittag beim Seewirt, hat es sich im Lauf der Jahre immer mehr vergrößert. Seit Jahren gibt es dort auch einen Schießstand, eine Schiffsschaukel und natürlich auch ein Tanzpodium im Freien, doch wenn das Wetter nicht mitmacht, wird das Fest im Saal abgehalten. Dann liegen Schiffsschaukel und Schießstand brach und die Boote schaukeln ungenützt auf dem Wasser.

In diesem Jahr aber haben die Kirchzeller Glück. Die Sonne steht am wolkenlosen Himmel, und der Wind, der die kleinen Wellen auf dem Bannsee kräuselt, kommt warm von den Bergen herunter.

Um zwei Uhr machen sich die beiden Tannhoferbuben fertig zum Weggehen. Sie warten nur noch auf die Bärbel, die sie im Auftrag der Mutter mitzunehmen haben. Jetzt kann man die beiden auf den ersten Blick unterscheiden, denn während Robert seinen neuen Trachtenanzug trägt, hat Christoph die Lederhose angezogen, die grauen Wadenstrümpfe dazu und die dunkle Lodenjoppe. Die Hirschlederne ist schon ziemlich abgewetzt und glänzt auf den Schenkelseiten. Die Tannhoferin rümpft ein wenig die Nase und meint: »Mit der schmierigen Lederhose gehst du zum Fest?«

»Es reicht leider nicht für eine neue«, meint Christoph und zündet sich eine Zigarre an. »Wenn die Frau Mutter ein bissl tiefer in ihren Geldbeutel greifen möcht, eine neue hätt ich schon gern.«

»Ihr habt sowieso auf Ostern zwei neue Anzüge gekriegt! Schau den Robert an, wie der sauber beieinander ist!«

»Ja, der«, sagt Christoph gedehnt. »Der muss sich ja sauber zusammenrichten. Wird ganz sicher die Burgstaller Linde dort sein.«

»Hoffentlich«, meint Robert und vergleicht seine Taschenuhr mit dem Regulator an der Wand. »Wo bleibt denn die Bärbel?«

In diesem Augenblick öffnet sich die Stubentür, und die Bärbel wirbelt herein mit hochroten Wangen und so nett und adrett in dem gut sitzenden Dirndlgewand, dass es die Augenlider hebt. Wie bildhübsch das Mädl geworden ist im letzten halben Jahr! Ihr kupferdunkles Haar liegt in zwei Zöpfen hoch über der Stirn und wird mit ein paar silbernen Filigrannadeln gehalten. Die Ohrläppchen zieren ein paar längliche Perlen, um den Hals schmiegt sich eine breite Silberkette mit mehreren Gliedern. Knapp umschließt das blaue Samtmieder die Brust. Der gestreifte, weite Rock geht bis knapp an die Knie und lässt die weißen Strickstrümpfe mit ihren schlanken Beinen sehen.

»Sauber, sag ich!«, meint der Christoph, als er mit seiner Musterung zu Ende ist. »Du machst dich ja ganz nett in dem Gewand!«

Die Bärbel verzieht den Mund, als wolle sie andeuten, dass ihr an Christophs Lob gar nichts liegt. Sie wartet darauf, dass Robert etwas sagt.

Aber der brummt nur: »Gehn wir jetzt?«

»Wer von euch zahlt mir denn heut ein paar Bratwürstl?«, fragt die Bärbel.

»Der Robert hat mehr Geld als ich«, wirft Christoph gleich ein, und es schaut ganz so aus, als müsste die Bäuerin ein Machtwort sprechen.

»Ihr seid mir nette Kavaliere!«, lacht sie, geht zum Küchenkasten und nimmt einen Zwanzigmarkschein heraus. »Da, Bärbel. Dann bist du auf keinen von den beiden angewiesen! Iss, was dir schmeckt, und komm nicht zu spät heim.«

Die Arme über der Brust verschränkt, steht die Tannhoferin unter der Haustür und schaut ihnen nach. Das Mädel haben sie in die Mitte genommen, und so gehen sie mit weiten Schritten den Hang hinunter. Man hört die Blasmusik, das Fest hat bereits begonnen.

Unwillkürlich muss die Tannhoferin daran denken, wie sie vor nahezu dreißig Jahren zum ersten Mal von ihrem Heimatdorf mit ihrem Bruder zu diesem Georgifest gefahren war. Damals hat sie den Andreas Meißner, den jungen Tannhofer, kennen gelernt. Es war, wie man so sagt, Liebe auf den ersten Blick. Sie kam auch von einem Hof, war der Landwirtschaft verbunden wie dieser junge Tannhofer. Sie hatten reden können über die bäuerlichen Dinge, mehr als von der Liebe. Aber sie wussten sofort, dass sie nie mehr auseinander kommen würden. Ein halbes Jahr darauf war schon die Hochzeit. Wunderschöne, gern gelebte Jahre an der Seite dieses Mannes, der sie zwar nicht auf Händen trug, dessen Liebe sie aber schützend einhüllte. Und dieser Schutz zerbrach erst, als man den Tannhofer in einer dunklen Abendstunde zu den Soldaten rief. Am nächsten Morgen musste er weggehen, sehr früh schon. Die Sterne standen noch am Himmel, der Mond zeigte seine blanke Sichel. Nie würde sie vergessen, wie der

Mann aus dem Haus ging, eine graue Gestalt, die schon im Äußern einer anderen Welt angehörte. Ganz still stand er eine Weile, blickte zu den Wiesen und Wäldern hinauf, bevor er sie in den Arm nahm. Sie begleitete ihn bis zur Straße hinunter. Über dem See lag ein feiner Nebel. Sein Verhalten war wie sonst, aber in seinen Augen war ein so merkwürdiger Ausdruck, wie sie ihn vorher noch nie gesehen hatte. Etwas Verschlossenes und Abgewendetes lag auf seinen Zügen, und seine Stimme sollte wohl recht tapfer klingen, aber sie kam rau und holprig. »Ich komm wieder«, sagte er beim Wegkreuz. »Aber sollte mir etwas zustoßen, Annemarie, den Hof musst einmal dem Robert geben. Er ist der Ältere, wenn auch nur um eine halbe Stunde.«

Er war nie mehr gekommen.

Sie kann sich mit niemandem aussprechen darüber, dass Robert ganz andere Neigungen hat. Oder über das Rätselhafte in Christophs Wesen, aus dem sie einfach nicht klug werden kann. Gar keine Sorgen macht ihr nur die Bärbel. Sie hat das Mädel großgezogen wie ein eigenes Kind, und wenn es einmal so weit sein soll, dann wird sie die Bärbel aussteuern wie ein eigenes Kind. Es fällt ihr auf, dass sie in letzter Zeit zuweilen ein bisschen sonderbar ist, so merkwürdig verschwiegen und ohne die sonstige kindhafte Unbekümmertheit. Es ist so, als ob sie unter einer Belastung stünde. ›Ich muss mit ihr reden‹, hat sich die Tannhoferin schon ein paar Mal vorgenommen. Aber die viele Arbeit, die auf ihr lastet, hat sie noch nicht dazukommen lassen.

Deutlicher hört man jetzt die Musik vom See herauf. Die Tannhoferin klemmt die Augen schmal, als wollte sie aus dem Menschengewimmel da unten am Seeufer jemanden herausfinden. Aber die Entfernung ist doch zu groß. Ein paar blumengeschmückte Kähne ziehen langsam über den See, dem andern Ufer zu, das sich steil zum Bergwald hinzieht.

Ach ja, jung müsste man halt noch mal sein! Die Tannhoferin seufzt und dreht sich um. Auf der Hausbank sitzen der Steffl und die Burgl schön einträchtig nebeneinander. Der Steffl raucht sein Pfeiflein, und die Burgl flickt seinen Janker, obwohl sie am Vormittag noch miteinander gestritten haben.

Die Tannhoferin setzt sich zu den beiden, faltet die Hände im Schoß und lächelt still vor sich hin.

Die Fahnen wehen im Wind, die Kähne schaukeln am Ufer, die Musik spielt und die Sonne scheint aus einem freundlichen Himmel auf die große Menschenmenge nieder.

Auf der Terrasse des Seewirts sitzen die Honoratioren des Marktfleckens. Der Bürgermeister Heck mit seiner Frau Gundula, die so rundlich ist wie ihr Name. Neben den beiden Dr. Burgstaller und der Drogist Himmelreich mit seiner Frau, die um zwanzig Jahre jünger ist als er. Sie prosten sich zu mit dem Ehepaar Lindhuber, die das größte Kaufhaus am Platz haben, dem Oberförster Deschl mit seinen beiden Jagdgehilfen, dem Pfarrer mit seinem Kaplan und noch einer ganzen Anzahl von Bürgern und großen Bauern, soweit sie an dem langen weiß gedeckten Tisch Platz haben. Das übrige Volk belagert die Tische und Stühle im Freien. Neben der Schenke, wo aus einem Hundertliterfass das Bier in die steinernen Krüge rinnt, hat der Metzger Hagleder seinen Würstlstand aufgeschlagen, und es duftet weithin nach Schweinswürstl vom Rost mit Kraut.

Am Schießstand stehen die Burschen an, an der Schiffsschaukel ist Hochbetrieb und auf dem Podium drehen sich die Paare im Tanz, als die Tannhoferleute auf dem Platz eintreffen.

Für einen Moment hebt Christoph die Augenbrauen, als er die Jäger am Tisch sitzen sieht. Dann zieht er mit übertriebener Freundlichkeit seinen Hut, während Robert sogleich mit der Bärbel zum Tanzpodium geht. Dabei gesteht er: »Ich weiß nämlich nicht, ob ich später noch dazu komm.«

»Es fällt dir doch hoffentlich nicht schwer, dass du mit mir tanzen musst?«

»Wie kommst denn auf so was, Bärbel?«

»Nur so halt. Ich tät gern wissen, ob du nur deswegen mit mir tanzt, weil die Mutter es angeschafft hat.«

Robert gibt keine Antwort darauf, legt fest den Arm um ihre Taille und dreht mit ihr einen Walzer. Beglückt schmiegt sie sich in seinem Arm, hebt zuweilen den Blick zu ihm auf. Ihr Herz klopft einen rasenden Wirbel, und sie möchte doch am liebsten aufschreien vor Weh, weil Robert sie nicht einmal ansieht, sondern mit jeder Drehung suchend umherschaut und nun geradeheraus fragt: »Siehst du die Linde irgendwo?«

Sie schüttelt stumm den Kopf. Vorbei ist die Seligkeit, zerronnen der Traum. Er tanzt mit ihr und fragt nach der anderen!

In diesem Augenblick kommt Rosalinde Burgstaller beim Seewirt um das Eck und überquert langsam den Platz. Sie bleibt stehen und schaut über das Menschengewühl. Schmuck sieht sie aus in ihrem neuen Dirndl. Da entdeckt sie Robert und Bärbel auf dem Tanzpodium und winkt ihnen erfreut zu.

Sie will sich schon dorthin begeben, als ihr Vater sie anruft: »Da geh her, Linde! Nimm einen frischen Schluck!« Wohl oder übel muss sie es tun, muss da und dort Gratulationen entgegennehmen zum bestandenen Abitur.

Da kommt Robert mit Bärbel zurück. Jeder, der Augen hat, kann sogleich sehen, wie Lindes Gesicht aufleuchtet, als sie Robert die Hand gibt, wie sie zwanglos an seinem Tisch Platz nimmt und wenig später mit ihm zum Podium geht.

Christoph kommt vom Schießstand zurück, nimmt einen tiefen Schluck vom Maßkrug und schiebt den Hut aus der Stirn. Er lacht übermütig: »Drei Zwölfer hintereinander! Das soll mir von den Jägern da drüben einmal einer nachmachen! Ah, der Herr Bruder! Schau nur grad hin, wie verliebt er mit den Augendeckeln klappert! Magst tanzen, Bärbel?«

Christoph tanzt gut, ausgelassenen und besser als Robert. Mit herrlichem Schwung lupft er die Bärbel über die Bretter, stampft mit den Füßen, dreht und wendet sich wie ein verliebter Auerhahn bei der Balz. Aber auch er betrachtet diesen Tanz nur als auferlegte Pflicht, weil er genau weiß, dass die Mutter die Bärbel sofort fragen wird, ob er mit ihr getanzt hat. Immerhin, wenn er sie so betrachtet, sie fällt auf unter den Mädchen, die hier sind.

Dann blitzt es in Christophs Augen auf, und um seinen Mund zuckt es spöttisch. Er sieht die beiden Jäger, den Windstetter Markus und den Renk Thomas, am Schießstand stehen. Sie lassen sich gerade von dem schwarzhaarigen Mädel die Gewehre laden.

Langsam schlendert Christoph heran, stellt sich hinter die beiden und lobt dann, als der Windstetter einen Elfer und der Renk einen Zehner schießt.

»Nicht schlecht«, meint er. »Gelernt ist halt gelernt.« Langsam dreht der Windstetter den Kopf und zieht die Brauen zusammen.

»Will es der Herr auch probieren?«, fragt die Schwarzhaarige hinter dem Schießstand. »Fünf Schuss eine Mark.«

Ihre großen Ohrringe, die wie Gold aussehn, zittern leicht bei jeder Bewegung des Kopfes.

»Tu halt her«, sagt Christoph und nimmt dem Mädchen das Gewehr aus der Hand. Er zielt lange und umständlich, schießt zweimal daneben. Einmal trifft er nur den Rand der Scheibe, und dann bringt er noch einen Dreier und einen Zweier ins Blatt.

»Nicht schlecht für den Anfang!«, lacht der Jäger Renk. Sein Kollege Markus sagt gar nichts. Sein Gesicht ist verschlossen.

»Ich werd es nie lernen«, meint Christoph. »Die Bauernarbeit macht die Händ so schwer.«

»Aber einen schönen Gamsbart hast«, lobt der Renk und mustert das Prachtexemplar mit Kennerblicken. »Gewildert?«

Christoph setzt eine Duldermiene auf, als hätte man ihn soeben schwer gekränkt.

»Wie kannst denn so was sagen!« Er nimmt den Hut ab und wischt mit dem Gamsbart ganz nah am Gesicht des Jägers vorbei. »So was wächst bei uns gar nicht. Nein, den hab ich von einem Tiroler gekauft. Soll ich dir auch einen besorgen?«

»Nein, dank schön. Ich brauch keinen«, antwortet Renk.

Die beiden Jäger gehen zurück an ihren Tisch. Ganz trocken flüstert der Windstetter seinem Kameraden zu: »Der hat doch nur geblufft! Vorhin hat er nämlich drei Zwölfer hintereinander geschossen.«

Christoph blinzelt ihnen mit schmalen Augen nach. Dann dreht er sich um und sagt der Schwarzhaarigen, was er schon so vielen Mädchen sagt. Es ist immer der gleiche Schmus, immer der gleiche Dreh. Vom Wetter zuerst und dass er diesen Tag nie vergessen würde, denn bis jetzt sei ihm noch nie ein Mädchen von solcher Schönheit begegnet.

Das rührt die Schönheit nicht. Sie ist derlei Schmeicheleien gewöhnt und hat sich längst damit abgefunden, dass manche Männer sie als Freiwild betrachten. Immerhin, dieser Bauernbursche sticht schon raus aus der Masse und ist es vielleicht wert, dass sie ihre Augen so etwas wie Verheißung sprechen lässt. Der Christoph kennt so was schon und rückt sein Hütl in die Stirn.

»Und wo ist die schöne Prinzessin daheim?«

»Meine Welt ist überall«, gesteht sie und lehnt sich dabei über den Tisch, so dass der Christoph sieht, was sie unter dem weit ausgeschnittenen Spenzer zu bieten hat. Er streckt die Hand aus, aber sie schiebt sie weg und bläst sich dann eine lockere Haarsträhne von der Stirn.

»Und wie heißt das schöne Kind?«

»Ilona.«

»Ui! So ein schöner Name! Der ist mir noch nicht untergekommen! Und in der ganzen Welt bist du daheim? Bist dann eigentlich ein armes Hascherl. Nirgends daheim sein. Aber irgendwo musst doch schlafen?«

Ilona deutet mit einer Kopfbewegung auf einen der drei Wohnwagen, die am See unter den Kastanienbäumen stehen.

»Da kann man ja nicht einmal richtig ans Kammerfensterl klopfen!«

»Nein, bei mir geht das nicht, meine zwei Brüder schlafen im gleichen Raum.«

»Das ist aber saudumm.«

»Wieso?«

»Weil ich dich ganz gern getroffen hätte.«

»Das lässt sich machen!«

»Sagen wir um neun Uhr, drüben beim Bootsschuppen. Wir könnten dann ein bissl auf den See rausrudern und hernach durch den Wald spazieren.«

»Ja, aber zuerst mag ich was Gutes essen und vielleicht ein Glas Wein trinken.«

Christoph schaut auf die Uhr. Ehe er antworten kann, kommen ein paar Burschen, die schießen wollen. Das Mädchen ist wieder ganz im Geschäft.

»Nur herspaziert, meine Herren! Fünf Schuss eine Mark!«

Christoph schlendert davon und hat so seine Gedanken. ›Die wär nicht schleckig! Zuerst die Wampen vollfressen, womöglich ein Kalbschnitzel und Wein dazu, und dann weiß man allweil noch nicht, ob sich das auszahlt!‹

Er geht am Tisch der Honoratioren vorbei, damit jeder ihn sieht und verschwindet in der Gastwirtschaft. Im Flur begegnet ihm die Kellnerin, die Wally, die er schnell um die Hüften fasst.

»Wie wär's, Herzerl, mit einem Tanz?«

»Geht nicht, Christoph. Hab alle Hände voll zu tun!«

»Freilich, freilich! Vielleicht später dann«, sagt Christoph, geht durch den langen Flur und verschwindet in den Stall hinaus.

Mit gleichmäßig ruhigen Ruderschlägen treibt Robert das Boot dem anderen Ufer zu. Immer weiter bleibt der Lärm des Festes zurück. Nur die Klänge der Musikkapelle kommen noch verschwommen über das Wasser her.

Im Rückteil des Bootes sitzt Rosalinde Burgstaller. Das Sonnenlicht umschmiegt ihre schlanke Gestalt und ihre Augen sind auf die Tropfen gerichtet, die wie Silberkügelchen von den Rudern fallen, wenn Robert sie aus dem Wasser hebt. Sie lässt die rechte Hand durchs Wasser gleiten, als müsste sie ihren Puls kühlen. Auf ihrer Stirn stehen ein paar dünne Falten, verschwinden und kommen wieder, gerade als ob sie über etwas nachdächte, mit dem sie nicht recht fertig wird.

Das Ufer kommt näher. Ein paar wilde Kirschbäume leuchten mit ihren weißen Blüten aus dem Grün der Tannen. Dann stößt der Kahn mit einem Ruck in den weichen Boden. Robert reicht Linde die Hand zum Aussteigen.

»Danke«, sagt sie.

Es klingt sehr höflich und kann die leichte Fremdheit nicht überbrücken, die ganz einfach da ist und sie beide bedrängt.

Robert hat es sofort gefühlt, als sie sich da unten beim Fest getroffen haben, er hat es auch während des Tanzes gefühlt und kann es sich nicht erklären. Lindes Verhalten steht so im Widerspruch zu den Briefen, die sie ihm geschrieben hat. Und als er einmal kurz ein paar Sätze davon erwähnt hat, hat sie ihn nur groß angeschaut, als distanziere sie sich von allem, was sie ihm jemals über die Liebe geschrieben hat. Immerhin aber legt sie jetzt ihren Arm in den seinen, lacht ihn an und sagt: »Um wieviel schöner ist es, hier allein zu sein, als in diesem Trubel da drüben!«

Wie ein Dom ist der Wald mit seinen hohen Stämmen und auch so kühl. Blütenstaub weht im leisen Wind durch das Geäst und wirkt, von den schmalen Sonnenbändern getroffen, wie ein goldener Schleier.

Immer höher kommen die beiden. Der Weg ist zuweilen so schmal, dass sie hintereinander gehen müssen. Ihr Ziel ist die Lichtung, wo die wilden Himbeerstauden wuchern und die alte Jagdhütte steht. Sie sprechen kaum auf dem ganzen Weg. Nur einmal, der Lichtung schon nahe, deutet Robert auf eine dürr gewordene Tanne.

»Von dort oben hab ich einmal ein paar junge Geier aus dem Nest geholt.«

»Ja, ich weiß noch. Du hattest sie für mich geholt, aber dann sind sie eingegangen. Und dort drüben haben wir einmal ein Feuer gemacht. Es gab damals eine große Aufregung in Kirchzell, weil beinahe ein Waldbrand entstanden wäre. Weißt du es noch?«

»Ich hab nichts vergessen, Linde.«

»Die Kinderzeit war halt doch schön«, antwortet Linde. »Weil man alles so unbewusst tut. Später sind dann schon die ersten Bedenken da.«

»Jawohl«, fällt Robert sogleich ein. »Da schreibt man dann Briefe und will hernach nicht mehr wissen, was man geschrieben hat.«

Brennend rot werden Lindes Wangen, und in ihren Augen flackert Unsicherheit. »Ja, die Briefe«, flüstert sie und schaut dabei in das Licht der Sonne. »Findest du, Robert, dass ich da viel dummes Zeug geschrieben habe?«

»Im Gegenteil! Alles hab ich nicht ganz verstanden, immerhin hast du in jedem Brief eine ganze

Menge wunderschöne Sachen von der Liebe geschrieben. Und jetzt kommt es mir vor, als ob du dich deswegen schämtest.« Er nimmt sie an beiden Schultern und zieht sie an sich heran. »Was ist denn eigentlich los, Linde? Zuerst schreibst du mir Briefe, die mich ganz durcheinander bringen und mich verrückt machen vor lauter Sehnsucht. Dann kommst du und meinst, dass du viel dummes Zeug geschrieben hättest. Das kann ich mir nicht zusammenreimen, Linde, und – es passt vor allem nicht zu dir. Also, was ist los?«

Lange, sehr lange schaut sie ihn an, um dann plötzlich aufschluchzend den Kopf an seiner Brust zu bergen.

»Ach, Robert – die Briefe. Es schreibt sich halt alles leichter, als man es sagen kann. Und wenn das Herz voll ist.«

»Ja, ja, ich weiß schon.«

»Es war auch viel Angst dabei«, gesteht sie, schon wieder lächelnd. »Ich hab gemeint, ich müsst dir so schreiben, damit du gar nicht auf den Gedanken kommst, an eine andere zu denken.«

»So wenig traust du mir, Linde? Die Briefe haben mich so froh gemacht.«

»Wirklich?«

Sie schlingt die Arme um seinen Hals. »Ich hab dich so gern, Robert, und dann war auf einmal die Angst da, du könntest meine Briefe missverstehen.«

Lachend schüttelt er den Kopf, fasst ihre Hand und zieht sie den Steinhang hinauf zur Hütte. Die Hütte ist versperrt, die Fensterläden sind geschlossen. Aber die beiden wollen gar nicht hinein, sie sitzen lieber auf der Bank davor in der Sonne und halten sich umschlungen. Alle Fremdheit ist von den beiden abgefallen, sie küssen sich immer wieder, und es sind herrliche Augenblicke stummen Glücks. Ihm ist, als fiele ein helles Licht in seine Seele, und er muss denken, dass alles ganz anders geworden ist. Ob er jetzt froh sei, fragt sie ihn. Er nickt und kann das Staunen in seinen Augen nicht verbergen.

Der sonnige Nachmittag spinnt sie ein. In der Nähe plätschert ein Gebirgsbach, der Wald rauscht.

»Bist froh?«, fragt sie schon zum zweiten Mal, so dass er Antwort geben muss.

»Froh und traurig zugleich.«

»Wir wollen nie traurig sein, Robert. Das heißt, ich werde es erst dann sein, wenn eine kommen wird, die ...«

»Sag das nicht!«, unterbricht er sie.

»Gut, wir wollen nicht mehr von dem reden, was sein könnte, vielmehr von dem, was sein muss. Wir wollen jetzt nicht mehr von mir reden, sondern nur von dir, von deiner Zukunft.«

»Die schaut immer noch grau aus, Linde, wenn du auf meine Schnitzerei anspielst. Die Mutter will nichts davon hören, dass ich auf eine Schule gehe. Und vielleicht hat sie sogar Recht. Wahrscheinlich steckt gar nicht so viel in mir, wie du es dir vorstellst. Neulich hat sie gesagt, dass bloß du mir die Flausen vom Künstlertum in den Kopf setzt.«

Ihr Gesicht umschattet sich.

»Das verstehe ich nicht, Robert. Oder meinst du vielleicht auch, dass ich dir das bloß einreden möchte, aus einer dummen Laune heraus, aus Geltungsbedürfnis oder aus dem Drang, mehr zu wissen als andere? Nein, Robert, du musst mir schon glauben, dass ich etwas davon verstehe.« Sie nimmt seine Hand und schaut ihn an.

»Wie soll ich dir das erklären, Robert«, spricht sie weiter. »Erinnerst du dich an die kleine Madonna, die du mir zu Weihnachten geschenkt hast? Auf den ersten Blick scheint sie vollendet zu sein, aber irgendwie fehlt der Gestalt die Anmut. Ein Beweis also, dass du Schulung nötig hättest. Vor allen Dingen auch Zeit, denn was du jetzt tust, ist ein Hobby nach Feierabend. Und da sind dann deine Hände meist schwer vom Tagewerk. Es reicht dann nur noch fürs rein Technische. Du bist mir doch nicht bös, Robert, wenn ich dir das sage?«

»Nein, nein! Red nur weiter.«

»Wenn du ein bissl nachdenkst, Robert, dann musst du dich erinnern, dass ich dir nie etwas einzureden versucht habe, an das ich selber nicht geglaubt hätte. Ich weiß doch um dein Bestreben und habe, seit ich einen Einblick in die Welt der Kunst bekommen habe, immer mit dir mitgefühlt und nur dein Bestes gewollt. Hast du das nie empfunden?«

»Doch, doch«, erwidert er eilig. »Und wenn du bei mir bist und ich dich so reden hör, dann bekomm ich gleich wieder ein größeres Selbstvertrauen.«

»Ich kann aber nicht immer bei dir sein, Robert. Den Weg nach oben müsstest du allein gehen. Da kann dich niemand begleiten, ich nicht und niemand. Du bist noch ein Suchender, Robert, und darum müsstest du jetzt unbedingt auf eine Schule. Du musst lernen, um das zu schaffen, was in dir steckt.«

Wie sie so spricht, die Wangen leicht gerötet vor Erregung, da ist es, als wüchse sie über sich hinaus. Nichts mehr von der scheuen Zurückhaltung der Mädchenjahre, sie spricht wie eine reife, wissende Frau.

Langsam werden die Schatten länger. Nur das Murmeln des Baches rauscht, und die Sonne wirft einen rötlichen Glanz in die Lichtung, vergoldet die Jägerhütte und die beiden Menschen, die davor sitzen.

In diese friedliche Stille hinein hallt hoch oben an der gegenüberliegenden Felswand ein Schuss, dass das Echo durch die Schluchten rollt.

»Seltsam«, wundert sich Robert. »Jetzt ist doch gar keine Schusszeit!«

Nachdenklich und versonnen, als hätte sie den Laut gar nicht wahrgenommen, fährt Linde fort: »Glaub mir nur, Robert, du musst heraus aus der Umklammerung. Bauer kann bald einer sein, säen, ernten, Brot geben, gewiss, das ist viel, sehr viel sogar, aber doch wenig, gemessen an dem, was ein Künstler der Welt zu schenken hat.«

Die Worte ziehen den jungen Mann wieder in die andere Welt hinein.

»Du experimentierst noch sehr viel, Robert. Das ist gut, aber du musst dir auch eine feste Grundlage schaffen, damit deine Fähigkeiten reifen. Du müsstest zumindest einmal ausstellen, sonst bekommst du nie ein Echo auf dein Schaffen.«

»In Kirchzell vielleicht?« In seiner Frage liegt Hohn.

»Warum nicht?«, entgegnet Linde ernsthaft. »Im Sommer, wenn die Kurgäste da sind. Im Vorjahr hat zum Beispiel Professor Klettner von der Kunstakademie in der Alpenrose gewohnt. Sein Urteil wäre wichtig. Aber du könntest auch in München ausstellen.«

Immer, wenn sie so spricht, und so überzeugend hat sie noch nie gesprochen wie in dieser Stunde, lässt Robert sich mitreißen, um gleich darauf wieder zu resignieren.

»Du bedenkst bloß nicht, Linde, dass das alles Geld kostet. Und wenn es bei meiner Mutter darum geht, dann beiß ich auf Granit.«

»Und daran soll es scheitern?«, fragt Linde erregt. »Das darf und kann nicht sein! Ich werde mit ihr reden. Und wenn alle Stricke reißen, Robert, ich bin doch auch noch da! Ich kann über das Erbteil meiner verstorbenen Mutter heute schon verfügen, und das ist nicht wenig.«

»Jetzt hörst aber auf!«, fährt er sie an und knufft sie in die Seite. »Das ginge gerade noch ab, dass ich von deinem Geld lebe!«

»Ich weiß, dein Stolz. Aber es hilft nichts, Robert. Du wirst manchmal den Nacken beugen müssen auf dem Weg nach oben. Und meine Hilfe kannst du ruhig annehmen, denn ich hab dich lieber, als du es vielleicht verstehst.«

Robert legt zärtlich den Arm um Linde und küsst sie auf den Mund. »Du bist das wunderbarste Mädchen, das ich mir denken kann.«

Linde versinkt lange in seinen Augen.

Plötzlich rappelt sie sich auf. »Wollen heimgehen«, seufzt sie, wie aus einem Traum erwachend.

Schweigend gehen sie Hand in Hand den Weg ins Tal hinunter. Mit ›gehen wir heim‹ meint Linde das Sanatorium Bergfried, das ihrem Vater gehört und von Lindes Bruder Ludwig geleitet wird. Ihm zur Seite stehen zwei Assistenzärzte, außerdem arbeiten acht Schwestern in dem großen Haus, das hauptsächlich für Kinder eingerichtet ist. Robert ist schon öfters dort gewesen, und er weiß, dass sie dort in der Küche recht gut bewirtet werden.

Bergfried liegt auf halbem Weg nach Kirchzell. Und während sie den holprigen Fahrweg hinuntereilen, steigt die Dämmerung zwischen den Bäumen auf. Das Sanatorium ist bereits hell erleuchtet, als sie dort eintreffen. Am Hintereingang begegnen sie gleich der Köchin, die gerade die letzten Aufräumarbeiten hinter sich gebracht hat.

»Sei nicht bös, Anna«, überfällt Linde sie. »Wir zwei haben Hunger mitgebracht!«

»Wann seid ihr denn schon einmal gekommen ohne Hunger!«, schilt die Frau gutmütig und schaut sie eine Weile an. »Wie groß ihr geworden seid! Wie bloß die Zeit vergeht!«

Dann öffnet sie den großen Kühlschrank. »Ja, was hab ich jetzt für euch zwei?«

Das Tablett, auf dem sie wenig später die Speisen serviert, ist so reichhaltig gedeckt, dass ein halbes Dutzend junger Menschen satt geworden wäre.

Leise vor sich hinpfeifend kommt der Tannhofer Christoph von hinten her auf das Gasthaus »Seewirt« zu. Durch den Stall gelangt er in den Flur und in das kleine Weinstüberl, in dem sonst die Honoratioren von Kirchzell ihren wöchentlichen Stammtisch abhalten. Durch das kleine Fenster sieht er hinaus auf die Terrasse und den Garten. Der Trubel im Garten hat in den paar Stunden, in denen er weg gewesen ist, nicht nachgelassen. Im Gegenteil, es sind noch mehr Leute gekommen. Der Oberförster unterhält sich mit dem Pfarrer, der Jäger Thomas Renk wirbelt gerade die Bamhammer Loni auf dem Tanzpodium herum. Nur der Windstetter Markus ist nirgends zu sehen. Im Schießstand hantiert die schwarze Ilona noch, und als er sie sieht, fällt dem

Christoph ein, dass er ja beim Bootsschuppen ein Stelldichein ausgemacht hat. Um wieviel Uhr gleich? ›Ich muss mir doch tatsächlich ein Notizbüchl kaufen und alles aufschreiben‹, denkt Christoph und drückt auf den Klingelknopf, der die Bedienung herbeiruft.

Wenig später streckt die Wally den Kopf zur Tür herein.

»Ach, du bist es! Wie kannst du dich denn bei dem schönen Wetter da reinsetzen?«

»Ich habs nicht gern mit dem Trubel. Ich bin mehr fürs Nachdenkliche. Mach die Tür zu und komm her zu mir, ich will dich herzen.«

»Ich hab doch keine Zeit heut.«

»Bloß ein paar Minuten. Ein bissl rasten darfst doch auch. Jetzt bist schon seit der Früh auf den Füßen. Das dürft der Seewirt gar nicht verlangen. Dem müsst man mal die Gewerkschaft auf den Hals hetzen.«

Langsam ist die Wally nähergekommen. Christoph hat Recht. Seit fünf Uhr in der Früh ist sie nun schon auf den Beinen, mit einer Mittagspause von zehn Minuten. Sie setzt sich neben ihn, wischt sich mit dem Handrücken den Schweiß von der Stirn und schaut ihn an.

»Sag, Christoph, magst du mich eigentlich noch?«

Christoph zaubert seinen Kummerblick in die Augen und legt ihr den Arm um die Schultern. Sie ist ein gutherziges Mädel, ein bisschen rundlich, mit einem netten Gesicht, in dem zwei nussbraune Augen leuchten. So was Molliges sei sein Gusto, hat er ihr immer erklärt. Aber wenn er eine Magere in den Händen hat, sagt er genau das Gegenteil.

»Wie kommst jetzt auf so was?«, fragt er erstaunt. »Ich dich nimmer mögen? Dabei hab ich dir das letzte Mal noch gesagt, dass ich dich zum Fressen gern hab!«

»Das ist aber schon wieder drei Wochen her. Seitdem haben wir uns nicht mehr getroffen.«

Christoph kratzt sich hinter den Ohren und tut erstaunt: »Was? Drei Wochen ist das schon her? Wie nur grad die Zeit vergeht! Wie wär es denn heut, Herzl?«

»Heut geht es schlecht, Christoph. Vor Mitternacht wird kaum Schluss sein. Dann muss ich noch abrechnen. Vor eins wär ich gar nicht frei.«

»Ist das ein Kreuz, wenn ein Madl so viel arbeiten muss!«

»Ärgere dich nicht, Christoph. Ich arbeit ja gern.«

»Also, dann sagen wir nächsten Samstag. Lass die hintere Tür offen, gell, Herzl? Und jetzt möcht ich ein Bussl. Nur nicht so sparsam! Das könnt dich später einmal reuen!«

»Ich weiß nicht, was das ist«, sagt die Wally hernach. »Ich muss dir halt allweil nachgeben, und allweil wieder muss ich dir vertrauen.«

»Das wär ja noch schöner!«, lacht Christoph und rüttelt sie an den Schultern. »Wo kein Vertrauen, da keine Lieb«, setzt er salbungsvoll hinzu. »So, und jetzt bringst mir einen Schoppen Kalterer und sagst zum Wirt, ich hätt mit ihm was zu reden.«

Bevor sie weggeht, zieht er sie noch einmal auf seine Knie, tätschelt ihr die Wange und ist voll biederer Herzlichkeit.

»Wenn jemand nach mir fragt, dann sagst, ich sitz schon seit zwei Stunden da herinnen.«

»Ist schon recht, Christoph. Ach, wenn man sich mit dir bloß auskennen tät! Allweil steckst voller Geheimnisse. Da muss ich mir doch denken, du meinst es mit mir nicht ehrlich.«

»Ja, so seid ihr Weiber! Wenn man es noch so ehrlich meint, allweil sind bei euch Zweifel da!«

»Vielleicht nicht zu Unrecht, Christoph. Ich weiß heut noch nicht, ob es dir ernst ist mit einer Heirat«, konstatiert die Wally.

»Geheiratet wirst einmal, da gibt's gar nichts!«, sagt der Christoph. »Und jetzt, mein Herzl, sag dem Wirt ...«

Das Mädl wischt schon davon, und wenig später bringt der Seewirt den Wein selber. Lukas Prettinger ist ein breitschultriger Mann mit einem vollen, roten Gesicht. Mürrisch stellt er Christoph das Steinkrügl mit dem Rotwein hin und brummt: »Also, frech bist du schon! Alles, was recht ist! Am hellichten Tag geht er zum Wildern hinaus!«

»Hätt es denn eine bessere Gelegenheit geben können? Die ganze Jägerei sitzt im Garten draußen!«

»Ja, aber wie der Schuss gefallen ist, ist der Windstetter aufgerumpelt, als wenn ihn eine Hornisse gestochen hätt, und ist auf und davon.«

»Ich hab ihn schon gesehn«, lächelt Christoph. »Er ist über die Zachlerreißen hinauf, und ich bin durch den Plattgraben runter. Das wird ihn gewurmt haben, wie er den Aufbruch gefunden hat! Wenn er ihn überhaupt gefunden hat, den Hund hat er ja nicht dabeigehabt. Also, pass auf jetzt: heut Nacht, so um zwei rum, bringt der Jörg den Bock runter. Lass die Garagentür offen. Es ist ein Prachtbock, sag ich dir.«

»Ich kann jetzt kein Wildbret auskochen, das tät auffallen. Erst nach dem ersten Juni geht's wieder, wenn die Bockjagd auf ist. Da kann ich dann auf ein Reh, das mir der Förster bringt, zwei gewilderte mit reinschwindeln.«

»Du wirst schon wissen, wohin damit. Und jetzt sei so nett und schieb zwei Hunderter rüber.«

»Du bist ja verrückt!«

»Es ist ein ganz schwerer Bock. Und ich muss ja dem Jörg davon was geben. Sei nicht so knausrig, du hast schon Geld genug an mir verdient.«

»Es geht grad, es geht grad«, schwächt der Seewirt ab. »Manchmal hab ich überhaupt Sorge, dass was aufkommt und dass dann alles zusammenbricht.«

»Das lass nur meine Sorg sein! Aber wenn du auf einmal kalte Füß kriegst, bitte, ich bin auf dich nicht angewiesen, ich hab auch andere Abnehmer, so ist's nicht.«

»So war's nicht gemeint«, beeilt sich der Wirt zu sagen, der dem Christoph schon so manches zu verdanken hat. Vor allem ist er ein zuverlässiger Lieferant. In der Hochsaison hat Christoph ihm zuweilen in der Woche zwei Rehe geliefert. Wildbret ist immer bevorzugt auf der Speisenkarte. Gespickter Rehrücken, Rehragout, Rehbraten und was sich sonst noch pikant zubereiten lässt. Und bis jetzt ist immer alles wie am Schnürchen gelaufen. Dieser Christoph ist ein verflixt schlauer Bursche, mit allen Wassern gewaschen, man kann Pferde stehlen mit ihm.

»Ich geh jetzt hinaus«, sagt der Christoph, »und tanz wie der Lump am Stecken! Soll mir einer beweisen, dass ich zwei Stund weg gewesen bin!«

Und er wirbelt gleich die Hager Ursula herum, dass sie kaum zu Atem kommt. Hernach ist es die Schambacher Margaret, und dann holt er sich sogar die Ilona vom Schießstand. Aber er sagt nichts mehr vom Bootsschuppen und dass er dort auf sie warten will, wenn die Sterne kommen. Um zehn Uhr macht er sich auf den Heimweg.

4

Das Haus der Burgstallers liegt am südlichen Ende des Marktfleckens. Es ist ein hübsches Anwesen mitten in einem großen Obstgarten gelegen. Früher ist es ein Bauernhof gewesen. Burgstaller hat ihn vor dreißig Jahren, als er sich hier als Arzt niederließ, günstig erwerben können und hat das Haus völlig modernisiert, ohne ihm den bäuerlichen Charakter zu nehmen.

Seine große Praxis führt ihn in die Bergdörfer und auf Einöden, die stundenweit auseinander liegen. Nicht immer weiß seine rechte Hand, was die linke tut, und gar manches Bäuerlein schuldet ihm noch Honorar, ohne dass jemals eine Mahnung geschickt worden wäre. Doktor Burgstaller ist vermögend genug und mit den Leuten so verwachsen, dass er jedes Haus und jede Familie kennt.

In diese entlegenen Höfe gelangt er seit etwa acht Jahren mit einem alten Mercedes. Vorher ist er mit zwei Ponyschimmeln gefahren. Wenn Rosalinde daheim ist, so wie jetzt, fährt sie ihn. Sie sitzt dann mit einem Buch auf dem Lenkrad vor irgendeinem Bauernhaus und wartet geduldig, bis der Vater mit seiner schwarzen Ledertasche wieder herauskommt, in Haltung, Kleidung und Sprache selber ein halber Bauer.

So steht sie an einem Vormittag vor dem Anwesen des Gütlers Jochen Lienhardt, dessen Frau gerade das achte Kind bekommen hat. Aus der Tür tretend, wischt sich Burgstaller den Schweiß von der Stirn, greift nach seinem Vollbart und schaut den Bauern an.

»Jetzt ist aber Feierabend, Lienhardt! Die Geburt war diesmal so schwer, dass ich bei einem neunten Mal für nichts mehr garantieren kann. Zudem ist das Weibl überhaupt ein wenig schwach.«

»Ist schon gut, Herr Doktor. Und wenn Sie halt mit dem Geld warten könnten bis zum nächsten Ersten, wann's Milchgeld wieder kommt.«

»Hab ich was vom Geld gesagt? Was sind das für Äpfel dort?«

»Ein ganz guter Boskop.«

»Schickst mir im Herbst einen halben Zentner davon, dann sind wir quitt. Und merk dir, was ich gesagt hab.«

Schwer atmend wirft sich Burgstaller in die Polster des Wagens. Rosalinde lässt den Motor anspringen.

»Noch irgendwohin, Papa?«

»Ja, zur alten Köglin. Recht lang wird sie es nicht mehr machen. Und dann zum Sanatorium.«

Zum Sanatorium führt eine geteerte Straße. Sie schwingt sich in sanften Serpentinen durch den Wald hinauf. Mit dem Wagen fährt man etwa fünf Minuten vom Kirchzeller Marktplatz aus.

Früher war das Sanatorium der Sommersitz eines Adeligen, dann erwarb es ein Industrieller aus dem Rheinland namens Steinhausen und vermachte es später seiner Tochter. Diese Tochter Gabriele ist die Frau des Doktor Burgstaller geworden, der das Haus nach ihrem Tod in ein Sanatorium für Kinder umgebaut und ihm den Namen Bergfried gegeben hat.

Der Wagen hält auf dem Parkplatz. Burgstaller steigt aus und atmet ein paar Mal tief durch. Rosalinde stellt sich neben ihn und lehnt den Kopf an seine Schulter. Lächelnd betrachtet sie die Kinder, die unter blauen Sonnenschirmen in Liegestühlen auf dem Rasen ruhen.

Burgstaller legt Rosalinde den Arm um die Schultern und meint herzhaft: »Jetzt aber ein anständiges Frühstück! Mir knurrt der Magen. Eine Stunde haben wir Zeit, dann beginnt die Sprechstunde.«

»Du solltest dir mehr Ruhe gönnen, Papa. So jung bist du ja auch nicht mehr«, meint Rosalinde.

Ein kurzes, raues Lachen.

»Was sind schon sechzig Jahre, Kind! Bei den heutigen medizinischen Erkenntnissen werden die Menschen viel älter.«

Der Kies knirscht unter ihren Sohlen.

»Da fällt mir gerade ein, Linde, du warst gestern auf einmal verschwunden beim Georgifest.«

Ohne zu zögern antwortet sie: »Ich bin mit Robert im Wald gewesen.«

»Mit dem Tannhofer?«

»Ja.«

»Das ist doch der mit den Schnitzereien.«

»So kann man es jetzt noch nennen. Aber einmal wird sein Name etwas gelten unter den Holzbildhauern.«

»Das sagst du so überzeugt?«

»Ja, Papa.«

»Ach Linde, jetzt glaub ich gar, dass du in ihn verliebt bist.«

»Papa – und ich glaub, es ist sogar noch mehr. Ich liebe ihn wirklich.«

Burgstaller bleibt stehen.

»Das ist ja eine interessante Eröffnung!«, sagte er. »Aber hoffentlich nicht niederschmetternd.«

»Nein. Ich habe dir immer schon gesagt, dass ich dir in dieser Hinsicht keine Steine in den Weg legen werde.«

Er hätte noch hinzufügen können: ›Noch dazu, wo ich überzeugt bin, dass es nur eine kleine Episode ist, die von allein zu Ende gehen wird‹, aber das sagt er nicht, er schmunzelt nur und kratzt sich den Bart. Dann blickt er auf und winkt dem Assistenzarzt Doktor Hartwig zu, der von einem Balkon herunterschaut.

Auch Linde grüßt hinauf.

In der Halle, wo der Aufnahmeraum und die Buchhaltung sich befinden, ist es kühl wie in einer Kirche. Dort treffen sie auf Ludwig.

»Morgen, Papa, guten Morgen, Linde! Nett euch wieder einmal hier zu sehen!«

»Du kommst ja auch so selten zu uns hinunter. Zunächst aber bitte ein Frühstück. Wir sind seit halb sieben Uhr unterwegs. Die Lienhardtin hat gerade ihr achtes entbunden. Wie geht es übrigens der kleinen Thomsen?«

»Überraschend besser, Papa. Es scheint sich zu verkapseln.«

»Das freut mich. Werde hernach nach ihr sehen.«

Sie gehen auf die überdachte Veranda hinaus, die auf der Südseite liegt. Nach kurzer Zeit ist der Tisch gedeckt und das Frühstück aufgetragen. Ludwig hält mit, aus Sympathie, wie er sagt. Als dann der alte Herr in die oberen Stockwerke geht, um da und dort nach einem kleinen Patienten zu sehen, sagt Ludwig ohne Umschweife: »Sei mir nicht bös, Linde, wenn ich, solange Papa nicht da ist, etwas Ernstes mit dir bespreche. Ich meine deinen Umgang mit diesem Robert Meißner.«

Einen Moment ist Linde betroffen. Sie schaut zu den hohen Tannen hinüber, über deren Wipfeln ein Bussard kreist.

»Was willst du damit sagen, Ludwig?«

»Ich habe euch gestern beobachtet, als ihr hier wart. Linde, du bist doch kein Kind mehr und solltest dein Benehmen diesem Bauernburschen gegenüber danach einrichten.«

Linde schlürft in kleinen Schlucken den heißen Tee.

»Was weißt du denn überhaupt, Ludwig?«

»Ich weiß nichts. Diese Dinge fühlt man. Ich bin sicher nicht die geeignete Person, dir irgendwelche Vorwürfe zu machen. Aber wenn du dich ernstlich verliebst, bitte, erkläre mir, was soll denn daraus werden?«

»Möchtest du das nicht besser mir überlassen?«

»Versteh mich nicht falsch, Schwester. Ich habe nichts gegen den Tannhofer. Aber auf die Dauer ist er doch kein Umgang für dich.«

Mit hörbarem Klirren stellt Linde ihre Tasse nieder. »Und warum nicht?«

Ludwig Burgstaller zündet sich eine Zigarette an.

»Muss ich dir das wirklich erst sagen?«

Eine Weile herrscht Schweigen.

Der Bussard kreist immer noch über den Tannenwipfeln. Von weither kommen ein paar Kuckucksrufe.

»Sei so gut und gib mir auch eine Zigarette.«

»Nanu! Seit wann rauchst du?«

»Sonst eigentlich nicht. Nur in gewissen Situationen. Danke. Und nun hör gut zu. Du bist mein Bruder, den ich schätze und gernhabe. Aber in Dingen, die mein Herz angehen, also mich ganz allein, musst du mir schon meine eigene Meinung lassen.«

»Das heißt ...«

»Bitte, unterbrich mich jetzt nicht. Ich weiß, was seit langem dein Wunsch ist, und wir wollen uns jetzt gleich eindeutig darüber aussprechen. So sehr ich deinen Freund und Kollegen Kurt Hartwig schätze, ich könnte niemals seine Frau werden. Möchtest du ihm das nicht bei Gelegenheit sagen? Bitte, tu es.«

»Darüber scheinst du dir noch zu wenig Gedanken gemacht zu haben, Linde. Hartwig ist tüchtig und kann es noch weit bringen. Du hättest ein sorgenfreies Leben bei ihm, er würde dich auf den Händen tragen. Ich weiß das, Linde.«

»Das glaub ich dir gern. Aber Robert wird es auch einmal weit bringen.«

»Du meinst mit seinen Schnitzereien? Es ist doch Wahnsinn, so große Erwartungen in diese Sache zu legen.«

»Warten wir's ab! Und jetzt will ich Doktor Hartwig guten Tag sagen. Ich kann ihn nämlich sehr gut leiden. Aber wie gesagt ...«

In diesem Augenblick kommt Doktor Burgstaller zurück.

»Habt ihr noch einen Schluck Tee für mich?«

Linde schenkt ihm ein, dann eilt sie hinaus.

Burgstaller schneidet genießerisch einer Zigarre die Spitze ab und lässt sich Feuer geben.

»Danke, Ludwig. Du siehst übrigens prächtig aus, Junge. Natürlich, die gute Luft hier heroben.«

»Das könntest du jeden Tag haben, Papa. Aber du willst ja nicht raufziehen.«

Burgstaller schlägt mit der Hand die Rauchwolken vor seinem Gesicht weg.

»Ich weiß, ich weiß. Arbeit gäbe es für mich genügend hier oben. Aber ich kann mich nicht trennen von meinen Bauern. Das ist nun einmal so. Die kenne ich nun seit mehr als fünfunddreißig Jahren. Und sie kennen mich. So eine Landpraxis hat ganz was Eigenes. Da kann sich nicht ein jeder hineinfinden in die Seelen dieser einfachen und manchmal auch derben Menschen. Siehst du, mir hat das schon viel Freude gemacht. Auf irgendeine Art bin ich ihnen verbunden. Ich weiß, du rümpfst manchmal die Nase darüber und nennst es meine Neigungen nach unten.«

»Die allem Anschein nach meine Schwester von dir geerbt hat.«

»Linde?« Burgstaller macht ein paar heftige Züge an seiner Zigarre. »Was willst du damit sagen?«

»Bitte, Papa, fass es aber nicht so auf, als ob ich Linde verpetzen möchte, aber ihre Freundschaft mit dem Tannhofer Robert, ich weiß nicht, Papa, ich mache mir Sorgen.«

Der alte Herr lachte herzhaft auf und entfernt umständlich die Bauchbinde von seiner Zigarre.

»Es ist noch keine halbe Stunde her, da hat sie mir gesagt, dass sie ihn liebt. Sie sei nicht verliebt, hat sie gesagt, sondern sie liebe ihn.«

»Und darüber kannst du lachen?«

»Warum nicht, Bub? Soll ich gewaltsam etwas zerstören, das gerade im schönsten Blühen ist? Ganz abgesehen davon, dass Linde sich nichts zerstören lässt. Hier gerät sie nach ihrer Mutter, Gott hab sie selig. Lass ihr doch die Freude und das Bewusstsein, so etwas wie ein Mäzen zu sein. Sie glaubt, dass mehr in ihm steckt, als er zeigt. Wirst sehen, eines Tages hört das ganz von selbst auf, ich höre Linde schon lachen über diese Jugendtorheit!«

»Möglich. Aber Linde ist eine sensible Natur. Heute würde sie eine Trennung noch ertragen. Später geht der Schnitt ins Herz, und das tut weh. Und dieses Herzeleid sollten wir ihr ersparen, um uns keine Vorwürfe machen zu müssen.«

»Du siehst zu schwarz, Ludwig. Aber still jetzt davon, ich höre sie kommen!«

Burgstaller schaut auf seine Uhr. »Es wird Zeit für meine Sprechstunde. Das Wartezimmer wird wieder gesteckt voll sein. Ein Segen, dass Linde jetzt da ist und mir ein bisschen zur Hand geht.«

Der schwere Wagen gleitet die Serpentinen hinunter. Es schlägt vom Kirchturm gerade zehn, als Linde vor dem Doktorhaus anhält. Das Wartezimmer ist tatsächlich übervoll, und die Haushälterin Berta hat schon einige erregte Streitgespräche hinter sich mit ein paar Bauern, die sich die Stiefel nicht richtig säubern wollten, bevor sie ins Wartezimmer gingen.

Der Frühling ist über die Berge gezogen. Die Kirschbäume blühen in einer Pracht wie selten und der Flieder duftet. Die drei Eisheiligen gehen gnädig vorüber und richten keinen Schaden an bei Blüten und junger Saat. Ein paar Tage hernach beginnt es zu regnen. Es ist ein richtiges Wachswetter und ganz nach der Bauern Sinn, denn ein kühler Mai bringt Gras und Heu.

Am Morgen dampfen die Wälder vom nächtlichen Regen. Mitunter reißen die Wolken um die Mittagszeit ein bisschen auf, aber dann baut sich im

Westen schon wieder eine graue Wand auf und öffnet ihre Schleusen.

Christoph bessert die Weidezäune aus und flucht dabei heimlich auf das Wetter. Es juckt ihn in den Fäusten, und begehrlich wandert sein Blick zum Wald hinauf und zu den Bergen. Aber es hat keinen Sinn, bei solchem Wetter hinauszugehen. Im aufgeweichten Boden zeichnen sich zu deutlich die Schuhspuren ab. Übrigens ist der junge Jäger, der Windstetter, ein ganz Scharfer. Ein paar Mal ist er jetzt schon gegen Abend am Hof vorbeigeschlichen, gerade als ob er einen Verdacht hätte.

Unruhig ist auch Robert in diesen Tagen. Der Regen macht alle Pläne zunichte. Man kann nicht Hand in Hand durch einen warmen Abend gehen und auf einer Bank am See sitzen. Keine Zärtlichkeiten, keine Küsse, nicht die leiseste Erfüllung der Verheißungen, die Lindes Briefe versprachen.

Er hat in diesen Tagen viel Zeit für seine Schnitzarbeiten. Gegenwärtig arbeitet er wie versessen an dem Hauswappen der Tannhofer, das am First angebracht werden soll: ein ovales Schild mit drei Tannen im Mittelfeld und zwei aufrecht stehende Hirschen, die das Schild halten. Ein altes, bemaltes Blechschild, das er im Speicher gefunden hat, dient ihm als Vorlage.

Diese Arbeit lässt selbst die Tannhoferin staunen. In ihren Augen glimmt Freude auf, als sie das Werk betrachtet.

»Das ist schön, Robert«, sagt sie ohne Überschwang, aber doch mit einem gewissen Stolz in ihrer Stimme.

»Ja?«, fragt er beglückt, endlich einmal so etwas wie Anerkennung aus ihrem Mund zu vernehmen.

»Es gefällt mir auch, obwohl ich weiß, dass es noch ganz anders sein müsste. Das ist Schnitzarbeit, aber noch lange kein Kunstwerk.« Er blickt sie geradeaus an. »Mutter, ich möcht so gern auf eine Schule.«

»Fang nur nicht wieder davon an! Du weißt doch ganz genau, dass die Heuernte kommt, die Sommerarbeit, wo jede Hand gebraucht wird.«

»Ich hab nicht von jetzt gesprochen. Im Winter kämt ihr aber ohne mich aus.«

Verstört setzt sich die Tannhoferin auf die Ofenbank, faltet die Hände im Schoß und schaut auf das Wappen.

»Der Vater müsst halt noch leben«, sagt sie leise. »Der wüsste sicherlich das Rechte, und meine Schultern wären frei von den drückenden Sorgen und der Last der Verantwortung.«

»Aber, ich mach dir doch keine Sorgen!«

»So, meinst du? Glaubst denn du, dass das gut ausgeht mit der Linde? Einmal, Bub, da wird dich die Enttäuschung zu Boden drücken wie eine Schneelast im April die jungen Triebe. Es kann nicht gut gehen, wenn du aus unserer Welt ausbrechen willst in ein Leben, das dir fremd ist. Nein, Robert, versteh mich nicht falsch, ich hab nichts gegen die Linde, nur wenn ich sie so reden hör ...«

Robert lässt das Schnitzmesser sinken und fällt ihr ins Wort: »Wann hast du mit Linde gesprochen? Davon weiß ich ja gar nichts!«

»Vorgestern, als ich bei Doktor Burgstaller war. Mein Herz macht mir in letzter Zeit zu schaffen. Wenn man das Mädchen reden hört, wird man unsicher, und ich beginne mich zu fragen, ob ich dich halten darf. Ob ich ein Unrecht begehe, wenn ich dich zwinge, ein Bauer zu bleiben. Ich bin ganz verstört, Robert, deinetwegen. Was dann, wenn eure hochfliegenden Pläne sich nicht erfüllen und sich herausstellt, dass deine Begabung nichts anderes ist als die Schnitzerei, wie sie hier in vielen Bauernhöfen betrieben wird?«

Robert bläst ein paar Späne vom Schnitzwerk. Dann legt er es weg und steht auf.

»Mutter, du machst dir zu viele Gedanken. Wenn ich merke, dass ich übers Mittelmaß nicht hinauskomme, dann komm ich zurück.«

»Das sagt sich so leicht. Wen die Stadt einmal in ihren Klauen hat, den lässt sie nimmer so leicht los.« Die Tannhoferin geht zum Fenster und schaut hinaus. »Es ist höchste Zeit, dass der Regen nachlässt, sonst ersaufen uns die Kartoffeln noch.«

Robert merkt, dass sie absichtlich das Thema wechselt. Aber seine Hoffnung kann sie nicht mehr so leicht beiseite wischen. Er weiß nun, dass es nur eines ständigen Nachbohrens bedarf, um den letzten Damm ihrer Abwehr niederzureißen. Im Übrigen hat es noch ein bisschen Zeit. Er will der Sommerarbeit nicht davonlaufen, nicht der Heu- oder Grummeternte. Aber wenn alles eingebracht ist, muss die Mutter doch endlich ein Einsehen haben. Muss ihn wenigstens den Winter über fortlassen.

Die Tage fliegen dahin, als ob sie Flügel hätten. Es ist Sommer geworden, und unaufhaltsam drängt alles der Reife entgegen. Als die ersten Kornmandl auf den Äckern stehen, flattert Robert eine Einladung ins Haus, einige seiner Arbeiten in der Kepplergalerie in München auszustellen, von Ende August bis Mitte September.

Linde hat das in die Wege geleitet über ihren Bruder Ludwig, der gute Verbindungen hat zur Ausstellungsleitung, vor allem zu Professor Habicht, dessen Tochter im Bergsanatorium von der Lungentuberkulose geheilt worden ist.

Dagegen kann die Tannhoferin nun nichts einwenden. Ja, es regt sich sogar etwas wie Stolz in ihr, sie will es bloß nicht zeigen. Sie schlägt sogar vor, das Hauswappen auszustellen, ohne den Wert der Arbeit recht zu erkennen.

Linde ist dafür, dass er auch »Die Säende« ausstellt, eine herbe Frauengestalt, die in Ausdruck und Geste besonders lebendig wirkt.

Sie hilft, die Sachen zu verpacken.

Eine prickelnde Aufregung hat alle im Haus erfasst, bis auf Christoph, der über solchen Firlefanz nur lächeln kann. Er behält seine Gedanken für sich, denn seine Bauernschläue sagt ihm genau das, was die Mutter befürchtet: Hat die große Welt, die Stadt, den Bruder in den Krallen, wird sie ihn nicht mehr loslassen. Die Endrechnung sähe dann so aus, dass er den Hof bekäme! Und dann wird er nach seinem Sinn wirtschaften!

Leider muss Linde am Eröffnungstag der Ausstellung ihren Vater zu einem Ärztekongress begleiten, so dass Robert am zwanzigsten August, es ist ein Samstag, allein nach München fährt.

Christoph mault. Es seien sechs Fuder Hafer einzufahren, und der Herr Bruder, natürlich, der seilt sich ab nach München!

Dabei tut Robert das gar nicht gerne. Er ist bereits fertig für die Fahrt, da dreht er die Einladungskarte noch einmal unschlüssig in den Händen, und wenn die Mutter gesagt hätte, er solle daheimbleiben, er hätte sich wieder umgezogen und wäre mit der Sense auf das Haferfeld hinausgegangen.

Aber die Tannhoferin ist nun selbst von einem merkwürdigen Fieber gepackt. Sie müsste nicht Mutter sein, wenn sie nun, da es soweit ist, nicht von Gefühlen bedrängt wäre, die zwischen Stolz und Angst schwanken. Stolz darüber, dass ihrem Sohn die Gelegenheit geboten wird, öffentlich auszustellen, und Angst davor, dass die Werke vielleicht mitleidig belächelt werden.

Ach ja, am besten ist wohl, man schickt sich drein.

Mit bebenden Händen wickelt sie dem Sohn Selchfleisch und Bauernbrot ein und gibt ihm den Rat, sich, wenn er schon in München ist, auch die Frauenkirche anzuschauen. Und dass er sich nicht etwa in eins der teuren Hotels verirrt, wo sie einem nur das Geld aus der Tasche ziehen. Mit dem Vater sei sie einmal im Weißbräu im Tal eingekehrt. Dort sei es recht preiswert gewesen, und dort könne er auch ungeniert sein Selchfleisch auspacken.

»Und jetzt geh, Bub, sonst versäumst den Bus noch!«

Die Bärbel steht im Anger und recht Gras zusammen. Sie stützt das Kinn auf den Rechenstiel und schaut hinter Robert her, der rasch der Straße zustrebt. Ihr laufen die Tränen über die Wangen. Sie spürt, dass ein anderer Robert zurückkommen wird als der, der nun nach Kirchzell hinuntereilt. Ihr ist, als schreite ein Schicksal dicht hinter ihm her, ein fremdes und schweres Schicksal, in dem er verloren sein wird. Verloren auch für sie und ihre Träume.

Der Bus bringt Robert zur Bahnstation, und erst als er im Zug sitzt und die Landschaft an ihm vorüberfliegt, löst sich seine Bedrücktheit, und er ist voll gespannter Erwartung. Ob seine Arbeiten ankommen oder nicht, das wird die Entscheidung bringen über seine Zukunft. Alles hängt davon ab.

Es ist ein heißer Tag, und Robert kommt es vor, als brenne die Sonne hier auf dem Pflaster noch stärker als auf dem Roggenacker. Er muss sich durchfragen zur Ausstellung, ein freundlicher Trambahnschaffner gibt ihm die nötige Auskunft. Nur zwei Häuser von der Haltestation entfernt ist das Gebäude, ein großer, grauer Bau.

Seine Nagelschuhe klappern auf dem Parkettboden, und er bemüht sich, leise aufzutreten. Aber im nächsten Augenblick ist er bereits eingekeilt zwischen Menschen, die sich hier langsam von Bild zu Bild, von Plastik zu Plastik drängen. Robert hat am Eingang einen Katalog erstanden und wird feuerrot, als er seinen Namen entdeckt, zum ersten Mal sieht er ihn gedruckt.

Ganz heiß steigt es ihm auf dabei, und zugleich übermannt ihn ein Gefühl tiefer Dankbarkeit für Rosalinde, die ihm das verschafft hat.

Zuerst wandert er langsam durch einen Saal, in dem Bilder hängen. Im zweiten Raum sind Plastiken aus Stein, und erst im dritten Raum sind die Holzschnitzereien. Da steht er nun vor seinen Arbeiten, dem Hauswappen, dem Auerhahn und der »Säenden«, und liest seinen Namen auf einem Schildchen: »Robert Meißner«. Neben einigen Bauern- und Tierfiguren, die er im Lauf des letzten Jahres geschnitzt hat, stehen Arbeiten anderer. Robert weiß nicht, ob die »badende Nymphe«, oder die »Brunnenfrau« Kunstwerke sind. Er betrachtet alle Arbeiten sehr kritisch, aber kommt sich doch vor einigen Werken ganz klein und unbedeutend vor. Diese

Frauengestalt zum Beispiel. Kann denn eine Menschenhand so etwas Herrliches formen?

»Ganz hübsch«, hört er eine ältere Dame sagen, die mit einer Lorgnette seine »Säende« eine Weile betrachtet hat.

Ein gut gekleidetes Paar bleibt stehen. Die Dame lässt den Arm ihres Begleiters los, tritt näher an die Wand, geht wieder ein paar Schritte zurück und sagt dann voller Anerkennung: »Ach, sieh doch, Otto, dieses Wappen! Und diese ›Säende‹! Sie streift Robert mit einem flüchtigen Blick und wendet sich wieder an ihren Begleiter: »Es hat so etwas Ursprüngliches.«

Robert ist zurückgetreten.

Die Dame sieht noch sehr jung aus, vielleicht Mitte zwanzig. Eine faszinierende Erscheinung, wie Robert sie allenfalls einmal auf der Titelseite einer Illustrierten in Doktor Burgstallers Wartezimmer gesehen hat. Der Herr ist älter und kleiner, hat bereits graumeliertes Haar, sieht aber auch sehr gepflegt aus.

»Du hast recht, Hilde«, sagt er. »Mir gefällt das Wappen. Und da es im Raum ›Bäuerliche Kunst‹ hängt, ist anzunehmen, dass es auch aus bäuerlicher Hand stammt. Es verrät eine ganz natürliche Begabung. Derartige Talente sind im Alpenraum gar nicht so selten. Man müsste sich einmal im Büro nach dem Mann erkundigen.«

»Robert Meißner«, liest die Dame wieder und schüttelt den Kopf. »Den Namen hab ich noch nie gehört.«

Dann gehen sie langsam weiter.

Doch plötzlich wendet die Frau sich noch einmal nach Robert um. Unter seidigen, langen Wimpern hervor trifft ihn ein Blick aus großen, dunklen Augen. So ganz anders sind sie, viel sprühender als die sanften Augen seiner Linde!

Verwirrt geht er weiter.

Wie kommt er überhaupt dazu, Vergleiche anzustellen! Er sieht der Fremden nach, die sich jetzt bei dem Mann einhängt. Diese Frau erscheint ihm tatsächlich wie die Verkörperung alles Schönen. Und ihre Stimme hat so warm geklungen.

Jetzt verschwinden die beiden in den Nachbarsaal.

Robert fährt sich über die Augen, als wolle er ein Trugbild wegwischen. Dann lächelt er vor sich hin, steht wieder vor seinen Werken und hört gierig auf das, was die Leute äußern. Die schöne Fremde ist bald vergessen. Und dann steht er ihr doch plötzlich wieder gegenüber. Sie kommt gerade aus dem Büro der Ausstellungsleitung und bleibt unvermittelt vor ihm stehen.

»Sind Sie der Bildhauer, der das Wappenschild ...«

»Bildhauer ist zu viel gesagt«, sagt Robert rasch. Plötzlich hat er einen dicken Kloß im Hals. »Meißner ist mein Name. Robert Meißner.«

»Ihre Arbeit gefällt mir recht gut. Man hat mir gesagt, dass Sie das erste Mal ausstellen.«

»Ja, das erste Mal.«

»Entschuldigen Sie die Neugierde. Haben Sie hier auf der Akademie studiert?«

»Ich hab überhaupt nicht studiert.«

Verblüfft sieht sie ihn an.

»Dann ist es um so erstaunlicher. Diese Arbeit zeigt Sinn für Form. Auch die ›Säende‹ ist gut. Das Wappen ist verkäuflich?«

Robert schüttelt den Kopf.

»Nein, ich hab es für unseren Hof geschnitzt. Es soll als Mittelstück in die Altane kommen.«

»Ich kann mir das gut vorstellen. Schade, ich hätte mich dafür interessiert. Aber vielleicht gehen Sie wieder einmal an eine solche Arbeit. Ich gebe Ihnen auf alle Fälle meine Adresse.« Sie öffnet die Handtasche aus Krokodilleder-Imitat und reicht ihm eine Visitenkarte.

»Hilde Bergendorf, Porzellanmanufaktur Selb«, steht darauf.

»Sollten Sie einmal nach Selb kommen«, hört Robert sie weitersprechen, »dann besuchen Sie uns. Es gibt auch bei uns viel Interessantes für Sie zu sehen.«

Langsam geht sie nun dem Ausgang zu. Robert bleibt an ihrer Seite bis zu dem großen Portal, das er für sie öffnet.

Vor der Steintreppe wartet ein Kabriolett, an dessen Steuer der Herr mit den grauen Schläfen sitzt.

»Sehr gütig von Ihnen, dass Sie mich einladen«, stößt Robert hervor, »aber daraus wird kaum was werden, weil ich im Spätherbst auf eine Schule möcht.«

»Wohin denn?«

»Nach Oberammergau.«

»Da grüßen Sie Professor Hagen von mir. Und nun wünsche ich Ihnen recht viel Glück auf Ihrem Lebensweg.«

Sie reicht ihm die Hand. Nur ein paar Sekunden hält er diese weiße, schmale Hand, dann eilt Hilde Bergendorf dem Wagen zu und steigt ein.

Robert weiß nicht, ob ihn diese Begegnung beglückt oder verwirrt. Auf alle Fälle denkt er auf der ganzen Heimfahrt daran. Zu Hause angekommen, lässt er sich von Mutter und Linde gern ausfragen, wie seine erste Ausstellung denn war. Doch die Bekanntschaft mit Hilde Bergendorf verschweigt er.

Eine Woche später bekommt Robert ein paar Kritiken über seine Arbeiten zugeschickt. Einiges darin versteht er nicht, er hat die Ausdrücke noch nie gehört. Auffallend ist aber, dass das Hauswappen viel weniger bewertet wird als »Die Säende«. Der Kritiker schreibt darüber: »Die ›Säende‹ scheint unmittelbar erlebt zu sein. Die Darstellung ist wahr, ohne jede Pose, und ausgeführt mit unendlicher Sorgfalt und Genauigkeit bis in alle Einzelheiten. Eine wohltuende Ruhe geht von dieser Figur aus, es strömt etwas von der Stille und Beschaulichkeit dieser Säenden auf den Beschauer über. Von diesem jungen Künstler ist zweifellos noch Großes zu erwarten.«

Als hätte der Flügel eines Engels ihn gestreift, sitzt Robert am Tisch in der Stube. Seine Augen sind feucht, und er kann es gar nicht recht fassen, muss alles noch mal lesen, bis er dann endlich aufspringt und in die Küche rennt. »Da schau her, Mutter, was sie schreiben! Weil du immer noch nicht an mich glauben willst!«

»Lies es mir vor«, sagt die Tannhoferin und ist ein wenig erschrocken über dem jubelnden Ausbruch ihres Sohnes. Nach jedem Satz hält er inne und schaut sie an.

»Was sagst jetzt?«

»Nichts, gar nichts.«

Ganz tief senkt sie den Kopf. Robert sieht ihren scharf gezogenen Scheitel. Ihre Schultern zucken, und da erst merkt er, dass sie weint.

»Das hätte der Vater noch erleben müssen«, schluchzt sie. Dann gibt sie Robert die Hand. »Ich versteh zwar nicht viel davon, aber Glück wünschen muss ich dir doch.«

Von da an ist die starre Ablehnung vorüber. Die Tannhoferin sieht ein, dass sie Robert jetzt nicht mehr halten kann und willigt ein, dass er im Herbst nach Oberammergau darf.

Vorerst aber ist noch Sommer. Hochsommer. Das Getreide ist unter Dach und Fach. Aber das Grummet steht jetzt an, später die Kartoffeln und die Runkelrüben. Das alles muss erst noch eingebracht werden. Es gibt Arbeit von früh bis spät. Die Hitze beugt die Menschen nieder.

Nur den Christoph beugt nichts. Manchmal hört die Tannhoferin ihn erst im Morgengrauen heimkommen. Aber sie hat es aufgegeben zu fragen. Christoph schaut dann nur ganz verwundert und lächelt ein bisschen, als wolle er sagen: ›Wen geht denn das was an, was ich tue. Bin ich nicht längst mündig?‹

Kirchzell ist immer noch voller Sommergäste. Einmal in der Woche ist beim Seewirt Tanz, und sonntagvormittags nach der Kirche ein Standkonzert. Der Verschönerungsverein lässt sich den Fremden zuliebe allerlei einfallen.

Robert geht mit Linde zum Tanz, er steht mit ihr während des Standkonzertes im Schatten der Kastanien an der Kirchhofmauer und jedermann kann sehen, dass sie zusammengehören. Ja, inniger und tiefer fühlt Robert Meißner sich dem Mädchen verbunden, das ihm den Weg geebnet hat, als je zuvor. Die schöne Fremde von der Ausstellung ist vergessen.

5

Kaum merklich klopft dann der Herbst an das Sommertor und begehrt Einlass. Der Sommer wehrt sich noch dagegen, aber dann nimmt der Herbst ein paar Reifnächte zu Hilfe, und alle Blätter verlieren ihren grünen Glanz und legen ein buntes Kleid an in braunen, gelben und roten Farben.

Auf dem See wird es still, auf den Hügeln ringsum glänzen die frisch gepflügten Äcker und harren der neuen Saat. Und in den Nächten röhren die Hirsche, ein tiefes Orgeln kommt aus den Wäldern, und manchmal hört man das Krachen der Stangen, wenn zwei Rivalen aneinander geraten.

Jeden Muskel angespannt schaut Christoph Meißner diesem erregenden Spiel zu, hebt langsam das Gewehr an die Wange.

Der Schuss kracht.

Es wirft den einen Hirsch mit einem Ruck in die Höhe, während der andere durch das Unterholz davonrast. Ein rötlich schimmernder Koloss steht einen Augenblick fast unbeweglich, macht dann einen gewaltigen Sprung nach vorn. Im Mondlicht schimmert das mächtige Geweih. Ein paar Meter noch, dann bricht er zusammen und bleibt regungslos liegen. Mit ein paar Sätzen ist Christoph bei der Beute. Es rauscht ihm hämmernd in den Ohren, er bückt sich über das verendete Tier, legt das Gewehr weg und will schon nach dem Messer greifen, als er ganz in der Nähe Äste knacken hört.

Wie eine Wildkatze springt er in Deckung und sieht den Jäger Markus Windstetter über die Lichtung schleichen.

Mit einem unterdrückten Fluch wendet sich Christoph um und rennt durch den Wald hinunter.

Jetzt darf er es auf nichts mehr ankommen lassen! Er rennt und rennt, stößt beim Hasenbauer seine Büchse hinter den Scheiterhaufen und klopft an das kleine Fenster neben dem Stall. Ein schlaftrunkenes Gesicht zeigt sich hinter der Scheibe.

»Es ist schiefgegangen, Jörg«, keucht Christoph. »Der Windstetter ist mir dazwischengekommen.«

Und schon ist er wieder weg und ist nach weiteren zwanzig Minuten am Tannhof.

Die Kirchenuhr schlägt gerade Mitternacht. Der Hof liegt still, wie ausgestorben. Gerade als er das Haus betreten will, geht das Licht an und die Tannhoferin steht unter der Tür. »Wo kommst denn du her, Christoph?« Noch selten ist Christoph so verlegen gewesen wie in dieser Minute. Er gerät ins Stottern. Schließlich gesteht er, dass er im Nachbardorf bei einem Mädchen gewesen sei.

Die Mutter sieht ihn durchdringend an. »Und da kommst du so zurück?« Sie mustert ihn jetzt richtig von oben bis unten und ihr Gesicht verzeiht sich angewidert. »Deine Joppe ist zerfetzt, deine Hände verkratzt und auf der Wange blutest du. Christoph, du lügst!«

»Ach, woher denn! Ich bin mit ein paar Burschen ins Raufen gekommen, denen ich in die Quere gekommen bin. Das ist alles.«

»Das scheint mir nicht alles zu sein. Aber weil du nun schon da bist, die Bläss schickt sich zum Kälbern an. Geh und hol die Stricke.«

Christoph ist voller Geschäftigkeit. Er richtet die Streu, und als das Kälbchen da ist, zieht er es behutsam der Bläss zu, damit sie es ablecken kann.

»Ein Stierkälbchen«, sagt er. »Und was für ein Trumm! Brauchst mich jetzt noch, Mutter?«

Die Tannhoferin schüttelt den Kopf. »Leg dich nur schlafen. In vier Stunden ist die Nacht um für uns.«

An Schlaf ist für Christoph nicht zu denken.

Es ist weniger der Schreck, der ihm in den Gliedern sitzt, als vielmehr die Tatsache, dass der Jäger um eine solch ungewohnte Zeit im Revier gewesen ist. Wie leicht hätte er ihn bei der Beute überraschen können! Es ist nicht auszudenken, was dann passiert wäre. Er wälzt sich herum und herum, hört es noch drei Uhr schlagen, und dann ist es eben doch nur eine Stunde Schlaf für ihn, aus dem er durch das Pochen an die Tür aufgeweckt wird. Er hört, wie die Mutter sagt: »Nur keine Müdigkeit vorschützen, Christoph. Wer nachts umeinander streunen kann, darf sich auch vor der Arbeit am nächsten Morgen nicht drücken.«

Christoph schlägt die Zudecke zurück, stellt die nackten Füße auf den Boden.

»Teufl, Teufl«, brummt er vor sich hin. »Der Bluatsjager, der verreckte!«

Er denkt daran, wieviel ihm dieser Prachthirsch eingebracht hätte, und dass er den Wald für die nächste Zeit meiden muss. Irgendetwas Unheilvolles hängt in der Luft. Christoph spürt das fast körperlich, und er muss vor allem heute noch den Hasenbauer Jörg sprechen.

Zuerst geht er in den Anger hinunter und beginnt Kühgras zu mähen. Die Morgenglocke klingt von

Kirchzell herauf und die Sterne am Himmel erlöschen nach und nach. Hell steigt der Morgen aus der Dämmerung herauf, zerreißt die dünnen Nebel, bis man den See unten ganz klar sieht.

Um diese Zeit sitzt der Oberförster Deschl bereits in seiner Kanzlei vor der Lohnliste für die Holzarbeiter, die am Nachmittag kommen werden, um ihr Geld zu holen.

Aus der Küche kommt würziger Kaffeeduft. Die Försterin steckt den Kopf aus der Küchentür, als sie Schritte im Flur vernimmt.

»Ach, Sie sind es, Markus! Mein Mann ist bereits im Büro.«

Überrascht blickt der Förster auf und legt den Federhalter weg. »Wieso bist du schon hier? Warum bist du nicht in der Jagdhütte droben? Nimm Platz.«

Markus Windstetter lehnt das Gewehr in die Ecke und nimmt den Hut ab. Er sieht übernächtigt aus.

»Gewildert ist heute Nacht worden, Herr Förster.«

Kaum ein Muskel bewegt sich in dem hageren Gesicht des Försters. Nervös greift er zur Zigarrenschachtel, legt sie aber sofort zurück und fragt: »Verdacht?«

Windstetter zuckt die Schultern.

Dann schildert er den Vorfall. »Ich hab den Schuss gehört auf der Almhütte vom Jocherbauern.«

»Bei der Cilli also. Sonst ein recht passables Mädl. Um wieviel Uhr war das?«

»So gegen elf. Die Hirsch haben geröhrt wie verrückt.«

»Hab ich auch gehört. Bist du mit dem Kerl zusammengetroffen?«

»Leider nein. Er muss mich gehört haben und ist geflüchtet.«

»In welche Richtung?«

»Das hab ich nicht feststellen können. Ich hab dann den Eder Michl geholt. Wir haben den Hirsch aufgebrochen, und der Michl wartet nun droben.«

»Ich schick jemand mit einem Fuhrwerk hinauf«, sagt der Förster. Und als überkomme ihn erst jetzt der Zorn, schlägt er mit der Faust auf den Schreibtisch, dass das Tintenfass wackelt.

»Saubande, miserablige! Das ist nun schon der dritte Hirsch heuer. Und Rehe werden es bald ein Dutzend sein. Ja, Himmelherrgott! Treiben sich denn da Geister umeinander in den Wäldern? Nicht eine Spur und keinen Verdacht!«

»Ich weiß nicht, Herr Förster, manches kommt mir schon recht komisch vor in letzter Zeit.«

»Und was ist das?«

»Dass beim Seewirt den ganzen Sommer über Wildbret auf der Speisenkarte steht. Dabei haben wir ihm nur fünf Rehe und einen halben Hirschen geliefert. Genauso viel wie in die Alpenrose.«

»Und der Greidlbräu hat drei Rehe bekommen. Du meinst also, der Seewirt? Das wäre nachzuprüfen. Lass dir hernach das Wildbuch vorlegen und die Speisenkarte. Das kann man ja einigermaßen nachrechnen. Wann hat er die Hirschhälfte bekommen?«

»So Mitte Juli.«

»Und jetzt haben wir Ende September. Folglich kann er davon nichts mehr haben. Dass er selber nausgeht, glaub ich nicht. Dazu ist er viel zu träge: Also muss ihm jemand das Wild liefern. Aber wer? Windstetter, mach mir doch nichts vor: Du hast doch einen Verdacht?«

Markus betrachtet lange Zeit seine zerschundenen Hände. Dann blickt er auf: »Ich hab seit längerer Zeit den Tannhof im Auge.«

Verblüfft blickt der Förster auf. »Der Robert? Ausgeschlossen! Der geht in den Wald, jawohl, aber nie allein. Immer ist das Doktormädl bei ihm. Und ich trau es ihm auch nicht zu.«

»Und dem andern? Dem Christoph? Der sitzt ziemlich viel beim Seewirt.«

Der Förster beugt sich vor, ordnet die Bleistifte auf dem Tisch, legt ein paar Aktendeckel zur Seite und schaut auf die Uhr. Die Försterin öffnet die Tür.

»Der Kaffee ist fertig. Ich hab draußen gedeckt.«

»Komm, Windstetter, trink mit uns Kaffee. Du meinst also den zweiten Tannhofersohn? Wie kommst du auf den?«

»Weil er ein ganz abgefeimter Hund ist. Beim Seefest war er auf einmal verschwunden. Und kurz darauf hat es droben im Sölcherholz gekracht.«

»Wir müssen dem Verdacht nachgehen. Ich werde selber auf dem Tannhof vorsprechen. Und jetzt komm, du wirst auch noch nichts im Magen haben.«

Das Grummet duftet unter der steigenden Sonne. Bärbel und Christoph wenden das gemähte Gras mit dem Rechen, der Steffl mäht mit der Sense den Grenzstreifen ab und Robert sitzt auf dem Traktor.

Dem Christoph ist gar nicht recht wohl in seiner Haut. Es ist aber auch alles schief gegangen in dieser Nacht! Da soll man am Leben noch eine Freud haben!

Ein Stück vor ihm arbeitet die Bärbel mit raschen und geschmeidigen Bewegungen. Das Kopftuch ist ihr in den Nacken gerutscht, und das Sonnenlicht liegt voll auf ihrem Gesicht. Leise summt sie ein Lied vor sich hin.

Christoph sieht sie an. So ein Mädl müsst man haben, fährt es ihm durch den Sinn. Dann bliebe man daheim und ginge nicht wildern oder jeden Abend zum Bier.

Er grantelt leise vor sich hin: ›Eigentlich ist der Robert zu beneiden, das sieht doch ein Blinder, dass die Bärbel ihn mag! Der braucht bloß die Hand auszustrecken, dann fällt sie ihm zu. Aber der Depp merkt das nicht, der hat nur die Burgstaller Linde im Kopf!‹

Christoph hebt den Rechen, da durchfährt ihn ein Schreck, der die Knie zittern lässt: Langsam, die Büchse hinter dem Rücken, das Fernglas auf der Brust, kommt der Förster Deschl den Fußweg von der Straße herauf.

Christoph ist zumute, als zöge sich ein Gewitter über ihm zusammen, vor dem er nirgends einen Unterschlupf finden kann.

»Bluatvonderkatz«, knirscht er, wie immer, wenn er in eine unangenehme Situation gerät. »Jetzt wird's finster.«

Wie ein Wütender beginnt er das Grummet zu wenden, als könnte er damit allem Unangenehmen entrinnen. Zwar hat er noch die leise Hoffnung, dass der Oberförster am Tannhof vorbei ins Revier geht. Aber diese Hoffnung erweist sich sofort als trügerisch, denn der Förster geht jetzt direkt auf das Haus zu.

»Ist das nicht der Deschl?«, fragt die Bärbel.

»So ähnlich schaut er aus«, antwortet Christoph. »Ich kann mir bloß nicht denken, was der bei uns möcht.«

Die Tannhoferin sieht ihn vom Küchenfenster aus auf das Haus zukommen. Ein flüchtiges Rot steigt in ihre Wangen und sie erinnert sich an die Zeit, in der Förster Deschl nach hier versetzt worden war und damals als Witwer ihr ganz offensichtlich seine Sympathie gezeigt hat. Ein Vierteljahr lang ist er fast jede Woche einmal gekommen. Die Buben waren noch recht klein. Die Leute im Ort haben damals bereits gemunkelt, dass der neue Förster und die Tannhoferin heiraten würden. Als die Tannhoferin davon gehört hat, hat sie ganz offen mit Deschl geredet. »Ich schätze dich sehr, Sigmund, aber ich mag in keinen Verruf kommen. Und ich werde auch nimmer heiraten. Bitte, respektiere das.«

Seidem ist der Förster nie mehr auf dem Tannhof gewesen, und um so rätselhafter ist der Tannhoferin sein heutiger Besuch. Sie atmet befreit auf, als der Mann mit ein paar Worten die Verlegenheit zu überbrücken weiß.

»Guten Morgen, Tannhoferin«, sagt er. »Du bist über meinen Besuch wahrscheinlich ein bissl verwundert.«

»Ehrlich gestanden, ja. Aber setz dich doch, Deschl.«

»Bin so frei.«

Er lehnt das Gewehr an die Hauswand und setzt sich auf die Bank. Behaglich streckt er die Beine von sich und atmet ein paar Mal tief durch. Dann hebt er schnuppernd die Nase.

»Bei euch gibt es heut wohl Schmalznudel?«

»Ja, wie jeden Freitag. Magst eine?«

»Später. Wie geht's dir?«

»Wie immer. Viel Arbeit.«

»Und Sorgen?«

»Sorgen? Na ja, wer hat keine Sorgen. Der Robert geht bald fort nach Oberammergau auf eine Schule. Darum sorg ich mich.«

»Ah ja, davon hab ich gehört. Der Bub scheint eine Zukunft zu haben.«

»Ich weiß nicht. Hab ja kaum mit jemandem darüber gesprochen. Manchmal ist das Alleinsein doch schwer.«

›Du hättest es anders haben können‹, hätte er am liebsten gesagt. Aber er verschweigt es und schaut sie von der Seite an. Da stellt sie plötzlich die Frage: »Und wie geht es dir, Sig...«

Der Förster lächelt und legt flüchtig die Hand auf ihren Arm. »Sag nur Sigmund, Annemarie. Einmal haben wir uns doch gut verstanden.«

»Das ist schon lange her.«

»Fünfzehn Jahr, Annemarie. Vierzehn Jahr bin ich jetzt schon wieder verheiratet.«

»Mit einer sehr guten und tüchtigen Frau, wie man so hört.«

»So, hört man das? Ja, ich hab Glück gehabt.«

Eine Weile herrscht tiefes Schweigen. Man hört den Brunnen plätschern und die Hühner gackern. Von fern her kommt das Rattern der Mähmaschine. Das Wasser des Sees drunten schimmert wie eine breite Silberfläche. Ein einsames Segelboot zieht dahin.

»Kommst du zufällig hier vorbei?«, fragt die Tannhoferin in die Stille hinein.

Der Förster schüttelt den Kopf, nimmt dann das Fernglas an die Augen und richtet es auf den See hinunter.

»Da ist der Professor, der in der Alpenrose wohnt«, stellt er fest.

Die Tannhoferin betrachtet ihn aufmerksam. »Du wolltest doch was anderes sagen?«

Langsam setzt er das Glas ab und sieht sie an. »Es lässt sich aber nicht so leicht sagen.«

Die Tannhoferin runzelt die Stirn. »Also ist es etwas Unangenehmes, was du mir zu sagen hast. Aber sag es trotzdem.«

»Also gut. Ist der Christoph heut Nacht daheim gewesen?«

Die Tannhoferin spürt einen starken Stich im Herzen. Für Sekunden flattert die Angst in ihren Augen. Sie starrt zum Brunnen hinüber, wo rotbraune Blätter wie Boote im Trog schwimmen. Sie sieht den Christoph wieder vor sich stehen, verschwitzt, zerrissen und erregt. Eine tiefe Bitterkeit will sie überkommen, weil sie weiß, dass sie nicht die Wahrheit sagen kann. Sie, die jede Lüge verabscheut!

»Er ist also nicht daheim gewesen?«, hört sie den Förster vorsichtig fragen und ihr scheint es, als schwinge darin Mitleid mit. Langsam hebt sie die Augen, sieht an dem Mann vorbei zu einem Vogelschwarm, der in Kiellinie vorüberzieht auf seinem Flug nach Süden.

»Doch, Christoph ist in dieser Nacht daheim gewesen«, hört sie sich sagen und hat Mühe, die Stimme nicht schwanken zu lassen. »Warum überhaupt die Frage?«

»Weil heute Nacht gewildert worden ist«, antwortet der Förster.

»Ja – aber wie kommt man da auf meinen Christoph?«

»Der Windstetter hat ihn schon länger im Verdacht. Aber wenn du mir sagst, dass er heut Nacht daheim gewesen ist – ich glaube dir!«

Sie spürt ihre Schläfen pochen. Blass sitzt sie da. Ganz elend ist ihr zumute. »Ich versteh das nicht«, sagt sie tonlos. »Ich hätte doch schon einmal etwas merken müssen, wenn Christoph wildert, wie du sagst.«

»Nicht ich sag es. Der Windstetter hat den Verdacht, und zwar nicht erst seit heut«, gab der Förster Deschl zu bedenken.

Die Tannhoferin schlägt beide Hände vors Gesicht. »Das ist ja furchtbar, wenn ich bedenke, dass du – was würdest du tun?«

»Was ich tun müsste. Aber um deinetwillen hoffe ich, dass der Windstetter sich täuscht.«

»Er muss sich täuschen«, antwortet sie schnell und steht auf. »Hast du Durst? Magst was trinken?«

»Nein, danke. Ich muss weiter«, erwidert der Förster und steht auf.

»Aber ein paar Schmalznudeln darf ich dir doch einpacken?«

»Ja, gern. Und mach dir keine Sorgen. Ein Verdacht sagt noch gar nichts. Das hat sich schon oft später als Irrtum erwiesen.«

›Es soll ein Trostpflaster sein‹, denkt die Tannhoferin und geht in die Küche, um die Schmalznudeln einzupacken.

»Grüß deine Frau recht schön.«

»Danke, ich werd es ausrichten.«

Vom Fenster aus schaut die Tannhoferin dem Förster nach, als er durch den Obstgarten hinunter zur Straße geht.

Nein, es darf einfach nicht wahr sein! Und wenn Christoph diese verbotenen Wege geht, sie wird ihn auf keinen Fall ein zweites Mal durch eine Lüge schützen.

Sie weiß nicht, wie lange sie so am Fenster steht und die Bilder ihres Lebens vorüberziehen lässt. Wie in einen Traum ist sie versunken, aus dem sie erst erwacht, als Robert mit dem Traktor in den Hof fährt. Hinten auf dem Wagen sitzen der Christoph, der Steffl und die Bärbel.

Christoph duckt sich unwillkürlich, als er das strenge, verschlossene Gesicht der Mutter am Fenster sieht. »Komm in die Stube, Christoph!«, ruft sie.

Er weiß, was es geschlagen hat. »Jetzt kommt ein Gewitter«, sagt er mehr für sich und geht hinein.

Die Mutter steht beim Ofen, groß und aufrecht.

»Was gibt's?«, fragt Christoph und wappnet sich mit Frechheit. Aber die kann er nicht ausspielen, denn die Frage ist so scharf und hart, dass er zusammenzuckt.

»Wo warst du heute Nacht?«

Christoph spielt den Gekränkten und kratzt sich hinterm Ohr. »Hab dir's doch gesagt, wo ich war!«

»Du hast mich belogen. Der Förster war nämlich hier. Er sagt, du wilderst.«

Christoph dreht sich um. Er kann den forschenden Blick nicht ertragen. Umständlich zieht er aus der Hosentasche eine Zigarettenschachtel heraus.

»Rauch nicht, wenn ich mit dir rede!«, schreit die Tannhoferin aufgebracht. »Hat der Förster Recht oder nicht?«

»Hat er mich gesehen oder nicht?«

»Darum geht es nicht. Mir sagt eine innere Stimme, dass er Recht hat. Und ich, deine Mutter, hab für dich lügen müssen!«

»Na ja«, meint Christoph in biederem Ton. »Ein bissl schwindeln ist noch lang keine Sünd. Und ich werd mich schon dankbar erweisen!«

»Du? Als ob du jemals eine Dankbarkeit kennen tätest! Ich hab schon lange ein ungutes Gefühl gehabt, wenn ich dich nachts außer Haus gewusst hab. Aber darauf wär ich nicht gekommen.«

»Ich hab es ja nicht gestohlen«, begehrt Christoph auf. »Mein Großvater ist auch auf die Jagd gegangen. Also muss es im Blut liegen.«

»Hör mir mit den Sprüchen auf! Dein Großvater ist zu Recht hinausgegangen. Der hat mit dem Lindhuber seinerzeit die Gemeindejagd gepachtet gehabt.« Die Tannhoferin kommt aus der Ecke heraus und tritt vor Christoph hin. »Aber das sag ich dir: Ein zweites Mal lüg ich nimmer für dich, merk dir das, Christoph. Ich lass dich erbarmungslos fallen.«

»Ja, das trau ich dir zu, dass du deinen eigenen Buben hinhängst!«

»Das hat mit hinhängen gar nichts zu tun. Wer vom geraden Weg abweicht, muss selber schauen, dass er zurückkommt. Einmal hab ich dir geholfen, ein zweites Mal nicht mehr.«

»Ich werd mir's merken«, sagt Christoph bockig. »Wär's dein Robertl, dem tätst schon helfen.«

»Nein, auch dem würd ich nicht helfen. Bei so was nicht.«

Sie dreht sich um, zieht das kleine Schubfenster zur Küche hoch und ruft mit bebender Stimme: »Bärbel, trag das Essen auf!«

6

Die Schule in Oberammergau fängt für Robert mit einer Enttäuschung an. Er hat sich vorgestellt, dass man ihm gleich das schönste Stück Birnbaum- oder Lindenholz und eine Menge bester Werkzeuge in die Hand drückt, und dass er dann nach Herzenslust schnitzen kann. Stattdessen muss er die Schulbank drücken, er muss zeichnen, mit Lehm modellieren und sonstigen Krimskram erlernen. Anatomie nennen sie das. Das hat ihm zuerst gar nicht in den Kopf wollen, bis er begreift, dass dies eine Notwendigkeit ist, wenn er es zu etwas bringen will.

Professor Hagen, der nicht bloß ein großer Künstler, ein vortrefflicher Pädagoge und ein guter Menschenkenner ist, merkt bald, was mit dem Meißner los ist. Eines Tages lässt er ihn in sein Privatzimmer kommen, das nur selten einmal ein Schüler betreten darf.

Robert kann sich nicht denken, was man von ihm will, und tritt ganz unbefangen ein.

»Ah, da bist du ja, Meißner!«, der Professor duzt seine Schüler. »Bitte, nimm Platz. Oder nein, leg zuerst noch ein paar Holzscheite in den Ofen. Schätze es heute auf fünfzehn Grad draußen.«

»Ja, es ist kalt geworden.«

Hagen zündet sich umständlich eine kurze Pfeife an mit einem Tabak, der ein wunderbares Aroma hat.

»Wo bist du eigentlich daheim, Meißner?«

»In Kirchzell!«

»Ich glaub, ich war schon einmal dort. Ist da nicht ein kleiner See?«

»Ja, ein See und ein Kindersanatorium.«

»Und wo bist du zur Schule gegangen?«

»In Kirchzell.«

»Und sonst hast du nirgends studiert?«

»Für mich selber halt ein bissl.«

»Natürlich, das kennt man schon. Aber lass dir gesagt sein, es fehlt noch viel bei dir. Von Kunstgeschichte hast du verdammt wenig Ahnung. Dort im Bücherschrank, im zweiten Fach links, stehen zwei dicke Schmöker, die nimmst du dir hernach mit. Und daneben das kleine Gedichtbändchen von Rilke.«

»Gedichte?«

»Ja, natürlich. Eine Welt wird sich dir auftun. Hast du überhaupt schon einmal Bücher gelesen?«

»Ich habe von Linde – öfter Bücher bekommen.«

»Kommt drauf an, was für welche. Es macht ja auch nicht die Menge des Lesens. Das Richtige muss es sein.«

Er zeigt ihm eine Tierplastik.

»Ein Panther?«, fragt Robert und blickt verwundert auf dieses kleine Kunstwerk aus des Professors Hand.

»Glaubst du, ich hätte jemals diese Form gefunden, wenn ich nicht den ganzen Rilke von vorne bis hinten gelesen hätte?«

»Ich werde mir Mühe geben, Herr Professor.«

»Das sagen alle. Aber besser als der Wille ist die Kraft. Ich hab dich zu mir gerufen, Meißner, weil ich dich manchmal mit so verlorenem Blick an der Arbeit sehe. Lass das Träumen. Es ist Zeitvergeudung, man vertändelt sich. Wahrscheinlich wirst du hier einiges vermissen, die Geborgenheit des heimatlichen Hofes vielleicht oder auch diese Linde mit den Büchern. Aber daran solltest du weniger denken. In dir steckt etwas, das geweckt werden muss. Umsonst hätte Hilde Bergendorf dich mir nicht so warm empfohlen.«

Robert wird verlegen, als er den Namen hört.

»Da brauchst du gar nicht rot zu werden, Meißner. Das ist eine Frau, wie es wenige gibt, schön, geistreich und vielleicht ein bisschen gefährlich. Auf ihre Protektion kannst du stolz sein. Rechtfertige das Vertrauen, das sie in dich setzt. Aber nimm dich auch in Acht.«

Diese Unterredung klingt in Robert lange nach. Sie ist ein starker Antrieb für ihn. Er nimmt sich zusammen, studiert und lernt. Halbe Nächte sitzt er über den Büchern.

›Schön, geistreich und ein bisschen gefährlich‹, geht es ihm manchmal durch den Sinn. Die Erinnerung an die kurze Begegnung mit ihr ist schon in weite Ferne gerückt. Er weiß gar nicht mehr, wie sie aussieht. Dagegen steht Lindes Bild ständig vor ihm, und in den ersten Wochen hat er starkes Heimweh nach ihr gehabt. Er beantwortet alle ihre Briefe postwendend und erzählt ihr jede Kleinigkeit aus seinem Tagesablauf.

Eines Tages, kurz vor Weihnachten, steht Robert im weißen Mantel an seinem Arbeitstisch. Er arbeitet an einem Christuskopf, als sein Nachbar, der Baader Adrian, ihn in die Seite pufft.

»Robert, schau hin, die Göttin der Schönheit kommt höchstpersönlich zu uns kleinen Eleven.«

An der Seite von Professor Hagen, umgeben von einigen Lehrern, steht Hilde Bergendorf vor einer Marienstatue, die in den nächsten Tagen nach Amerika gehen soll.

Der Professor unterhält sich angeregt mit ihr, aber ihre Augen wandern suchend über die Schüler hin.

Robert sieht sie an.

Voll und warm ruht ihr Blick auf ihm.

Er grüßt stumm hinüber, und sie erwidert mit einem leichten Neigen des Kopfes.

Langsam geht die Gruppe dann durch die Reihen. Bei jedem Schüler und bei jeder Arbeit bleiben sie stehen, und endlich kommen sie auf Robert zu.

Robert hat es auf einmal furchtbar eilig. Sein Messer reißt die Fasern aus dem Holz. So stark ist seine Verlegenheit. Dann hört er den Professor sagen: »Na, Meißner, schau doch einmal auf! Besuch ist gekommen!«

Die anderen Schüler recken die Köpfe. Schaut doch bloß einmal den an! Ausgerechnet der Meißner, so ein Duckmäuser! Der kennt diese Frau?

Hilde Bergendorf reicht Robert die Hand.

Eigentlich müsste er sich jetzt niederbeugen und ihr die Hand küssen. Aber daran denkt er nicht. Das ist ihm niemals beigebracht worden, und vielleicht wird er das überhaupt nie lernen. Starr steht er da, mit leuchtenden Augen.

»Ich freue mich, zu hören, dass Sie gewaltig vorwärts drängen«, sagt Hilde Bergendorf. »Aber das habe ich erwartet.«

»Danke«, sagt Robert und schaut den Professor an. ›Gefährlich? – diese Frau ist ein wahrgewordener Traum‹, summt es in Roberts Kopf.

»Ich nehme an«, sagt sie jetzt, »dass der junge Künstler Zeit findet, heute Abend mit mir zu speisen.«

»Zeit?«, fragt Robert. »Ich habe eigentlich wenig Zeit.«

»Ich warte um sieben Uhr auf Sie vor der Schule.«

Und schon ist sie weitergegangen. Der Rattenschwanz von Lehrern schleicht geschäftig hinter ihr her.

Robert kann sich das nicht erklären. Allem Anschein nach genießt Hilde Bergendorf hier sehr viel Einfluß und Hochachtung.

Nachdem sie den Saal verlassen hat, will der Obner Konrad wissen: »Menschenskind, sag, woher kennst du sie?«

»Durch reinen Zufall«, gibt Robert zu.

»Was die für Augen hat!«, schwärmt ein anderer, worauf der Hassler Edmund eine längere Belehrung vom Stapel lässt. »Weib ist Weib«, sagt er. »Die eine hat's in den Augen, die andere in den Beinen.«

»Red nicht solchen Schmarrn«, sagt Robert gereizt.

»Ach was! Gerade diese Sorte hat es in sich! Die meinen, mit ihrem Geld können sie sich alles kaufen. Auch den Mann.«

»Halt dein Maul, sonst ...«, droht Robert und hat ein Gesicht wie ein gesottener Krebs.

Da in diesem Augenblick der Professor zurückkommt, verstummt das Gespräch, und Robert weiß eigentlich gar nicht, warum er sich so erregt hat.

Robert kommt pünktlich, um keine Minute zu früh, um keine zu spät. Er ist voll Neugier, was Hilde

Bergendorf ihm vorzuschlagen hat und warum sie ihn treffen will. Immerhin stärkt es sein Selbstbewusstsein, dass sie ihn um dieses Treffen gebeten hat und nicht er sie. Wahrscheinlich hätte er dazu gar nicht den Mut gehabt. Und dass sie ihn gehabt hat, überlegt Robert, das zeugt davon, dass sie über all den kleinlichen Dingen des Lebens steht, dass sie eine Persönlichkeit ist, die sich über jeden Schritt klar ist, den sie tut.

»Das nenne ich Pünktlichkeit!«, begrüßt sie ihn und hängt sich in seinen Arm, als wäre es das Selbstverständlichste von der Welt. »Und was wollen wir jetzt tun?«

Das weiß Robert natürlich nicht.

Man kann spazieren gehen, obwohl das Wetter dazu nicht einladend ist. Auf den Straßen liegt Schneematsch, ein kalter Wind streicht von den Bergen herunter.

Hilde enthebt ihn jeder Verlegenheit, indem sie sagt: »Wir werden jetzt irgendwo recht nett zu Abend essen und plaudern.«

Sie wählt kein Hotel, sondern ein altes Bauerngasthaus, mit schweren hölzernen Balken unter der Holzdecke und einer Kellnerin, die gut ihre zwei Zentner wiegen mag.

Die Speisenkarte reicht vom Wiener Schnitzel bis zum Lüngerl mit Knödl. Von Letzterem ist Robert ehrlich begeistert, denn seit er von zu Hause fort ist, hat er keines mehr bekommen. Außerdem ist es am billigsten. Er weiß überhaupt nicht, wie das ausgehen wird. Sein Taschengeld ist recht karg bemessen, und die Mutter hat ihm in ihrem einzigen Brief geschrieben, dass er es sich nur einteilen soll. Zwar hat er von Linde noch einen Hunderter als eiserne

Reserve. Aber den will er unter gar keinen Umständen anbrechen.

»Ja, dann werden wir dieses Filet nehmen mit Pilzen und Salat«, bestimmt Hilde. Auf seiner Stirn bildet sich eine kleine Falte. Wieso bestimmt diese Frau so einfach über ihn? Es ist das Teuerste, das auf der Speisenkarte steht! Aber er hat nicht den Mut, zu widersprechen. Dieser Stimme muss man einfach gehorchen. Liegt darin die Gefährlichkeit, von der der Professor gesprochen hat? Sie bestellt Bier und prostet ihm herzhaft zu.

»Auf was wollen wir trinken?«, fragt sie und kneift ihre Augen ein bisschen zusammen. »Auf unser Wiedersehen«, sagt sie dann. »Ich freue mich sehr, Sie wiederzusehen. Sie nicht auch?«

»Doch, auch«, antwortet er, und es ist ehrlich gemeint. Durch ihre Ungezwungenheit wird er etwas freier und verliert seine Hemmungen.

»Wieso sind Sie eigentlich hier?«, fragt er.

»Verhandlungen mit Professor Hagen. Es dreht sich um neue Muster, die wir dann in der Porzellanmanufaktur verwenden. Und auch ein bisschen Ihretwegen. Ich wollte mich überzeugen, wie weit Sie schon sind.«

»Das wird Ihnen der Professor gesagt haben.«

»Genau. Und auch ich sage es Ihnen: Hier gibt es für Sie nicht mehr viel zu lernen. Sie müssen auf eine Akademie.«

»Da wird die Mutter eine Freud haben!«, lacht er bitter.

»Sie sind doch wohl Mann genug, das selbst zu entscheiden.«

»Sie vergessen, dass wir einen Bauernhof haben«, gab Robert zu verstehen.

»Ja und? Ah, da kommt unser Essen! Ich wünsche einen guten Appetit, Robert.«

Zum ersten Mal nennt sie ihn beim Vornamen und lässt es auch dabei während des ganzen Abends.

Über Betrachtungen und Fachsimpeln vergeht die Zeit wie im Flug. Robert hat alle Scheu verloren und wägt die Worte nicht mehr so genau ab. Es ist eine Flasche Wein bestellt worden. Robert verträgt keinen Wein und wird beim zweiten Glas schon ungemein beflügelt.

»Und was tät jetzt Ihr Mann sagen, wenn er uns zwei so sitzen sähe?«

Kaum merklich lächelt Hilde.

»Wer sagt Ihnen denn, dass ich verheiratet bin?«

»Ich hab an den Mann gedacht, der in München bei Ihnen war.«

»Das war doch nicht mein Mann!«

Wie graziös sie das Weinglas hebt und ihm zuprostet, und er gibt sich Mühe, es ihr gleichzutun. Zum ersten Mal merkt er, dass er auch hier noch vieles nachzuholen hat. Ein Bauernhof, auf dem er aufgewachsen ist, ist eben kein Institut, in dem man alle Anstandsregeln lernt.

Weiter vorne im Lokal an einem runden Tisch sitzen etwa ein Dutzend Bauernburschen. Immer wieder dreht einer den Kopf und kann die Bewunderung kaum verbergen. Robert spürt, dass sie ihn beneiden.

Es schmeichelt ihm, und er wagt, seine Hand auf die ihre zu legen. Ganz still hält sie und schaut ihn mit einem fragenden Lächeln an. Er ist unsicher.

»Ich muss Sie wohl über mich aufklären«, sagt sie leise und legt vorsichtig ihre andere Hand auf die seine. »Sie vergehen sonst noch vor Neugier, und ich schätze klare Verhältnisse. Alles Halbe ist mir verhasst. Das hängt vielleicht mit meinem Beruf zusammen.«

»Ach, Sie üben einen Beruf aus?«

»Ja und nein, wie man's nimmt. Oder halten Sie mich für eine verkappte Prinzessin? Nur ist mein Beruf zu ertragen, er ist mehr Hobby als Arbeit. Ich bin die Nichte eines Porzellanfabrikanten und gleichzeitig seine Reisebegleiterin und Beraterin in künstlerischen Dingen. Es wird keine Figur bei uns gebrannt, die ich nicht vorher begutachtet habe. Daher auch die Bekanntschaft mit Professor Hagen. Er liefert uns gelegentlich Entwürfe. Im gewissen Sinne sind wir also Kollegen, Sie in Holz, ich in Porzellan.«

»Dann modellieren Sie auch selber?«

»Mäßig, sehr mäßig. Nicht so gut wie Sie. Aber ich traue mir ein Urteil zu. Und vielleicht mache ich mir Ihretwegen noch bestimmte Hoffnungen. Jetzt ist es noch Holz, aber vielleicht finden Sie später zum Stein Beziehung.«

Die Bedienung kommt und räumt das Geschirr ab. Hilde schenkt die Gläser noch einmal voll und trinkt ihm zu.

»Nun wissen Sie über mich hinreichend Bescheid, und ich erhoffe mir gleiches Vertrauen. Wie schaut es bei Ihnen aus?«

Obwohl er weiß, worauf sie anspielt, fragt er: »Womit?«

»Ich meine, ob Sie bereits gebunden sind. An ein Mädchen.«

Robert spürt die jähe Welle, die kommt und geht. Er starrt sein Weinglas an, dreht es in den Fingern. Rosalinde. Ein Lächeln umspielt seine Lippen.

»Es ist da schon so eine Jugendfreundschaft«, antwortet er zögernd. »Ich kenne sie schon seit meiner Kindheit.«

»Das habe ich nicht gemeint. Ich meine, die einmalige, die große Liebe.«

Robert schließt die Augen.

›Du bist meine einzige und große Liebe‹, hat Linde ihm beim Abschied gesagt, ›und ich hoffe, dass du das niemals vergisst, wenn Anfechtungen an dich herantreten.‹

Darüber hat er lachen müssen. Und nun merkt er, wie etwas über ihn Gewalt bekommen will. Vielleicht ist es auch der ungewohnte Wein, der seine Gedanken diese Wegwindungen wandern lässt. Weit weg an einem Wegrand steht Linde, nahe bei ihm ist diese betörende Frau. Wie eine Offenbarung ist ihm diese Stunde, er kommt sich vor wie von hemmenden Fesseln befreit und sieht sein Leben gewandelt. Es ist einem Mittagshimmel gleich, blau und sonnig, ohne störende Wolke.

Hilde Bergendorf spricht von der Kunst, vom Leben in der großen Welt, die sie zu kennen scheint. Er wandert mit ihr gedanklich durch Florenz und Rom, liegt mit ihr an den sonnigen Gestaden von Rimini. Nichts von allem kennt er bis jetzt, und doch ist ihm alles so wirklichkeitsnah. Er hängt an ihren Lippen, während sie spricht.

Kurze Zeit später entschuldigt sie sich dann, nimmt ihre Handtasche und geht hinaus. Als sie zurückkommt, sagt sie nur: »Nun könnten wir eigentlich gehen.«

»Bezahlen noch«, sagt er und hat Angst, sein Geld könne nicht reichen.

»Hab ich bereits erledigt.«

›Ach, so macht man das‹, denkt er. Der andere braucht nicht sehen, was man für ihn ausgibt. Beschämung will ihn überkommen.

Sie spürt es und sagt ruhig: »Schließlich habe ich Sie ja eingeladen. Machen Sie sich keine Gedanken darüber, Robert.«

Wie sie dieses ›Robert‹ ausspricht! Langsam und dunkel. Und während er ihr in den Mantel hilft, lehnt sie flüchtig den Kopf gegen seine Schulter. Er spürt den Duft ihres Haares. Wenn sie nur nicht so verdammt klug wäre! Er kennt sich einfach nicht aus mit ihr. ›Ich weiß eigentlich gar nichts von ihr, nicht einmal, wie alt sie ist‹, denkt er, während er ihr die Tür öffnet.

Ein kalter Wind weht ihnen entgegen. Der nächtliche Himmel ist jetzt von allen Wolken leergefegt und unzählige Sterne leuchten am Firnament. Über den schneebedeckten Zacken des Karwendels geht der Mond auf.

Hilde Bergendorf hat sich in Roberts Arm eingehängt. Er bemüht sich, sich ihrem Schritt anzupassen. Er spürt die Wärme ihres Körpers und ihre Absicht, sich anzuschmiegen. Kein Wort fällt zwischen ihnen. Bis Robert unter einer Straßenlampe vor ihr stehen bleibt und sanft die Hand unter ihr Kinn schiebt, so dass sie den Kopf hebt und ihn ansehen muss.

»Warum tun Sie das alles?«

»Was tue ich?«

»Sie laden mich zum Essen ein, Sie gehen mit mir durch die Nacht.«

»Wollen Sie es nicht?«

Robert fühlt sich, als hätte er etwas Ungehöriges gefragt.

»Doch, doch! Meinetwegen die ganze Nacht! Bevor wir aber weitergehen, möcht ich wissen, wie alt Sie sind.«

Sie blickt zur Seite.

»Älter als Sie. Um drei Jahre.«

»Also fünfundzwanzig. Wenn man Sie so reden hört ...«

»Schätzt man mich älter, ich weiß. Kehren wir um?«

Wieder gehen sie schweigend dahin. Nur dass sie sich jetzt noch fester an ihn lehnt. Er hat den Arm um ihre Hüfte gelegt, und manchmal ist es, als wollte er sie aufheben und tragen. Die Lichter bleiben hinter ihnen zurück. Dunkel und verschwiegen liegen die Häuser. Bis Hilde vor einem großen parkartigen Anwesen stehen bleibt.

»Hier wohne ich. Hier wohne ich immer, wenn ich hier bin. Es gehört einem guten Bekannten meines Onkels.«

Sie macht sich von ihm los und öffnet das Gartentor. Robert, in der Angst, sie könnte mit einem kurzen Händedruck verschwinden und nicht mehr sagen, wann und wo sie sich wiedersehen, reißt sie in die Arme und will sie küssen.

Blitzschnell legt sie die Hand auf seinen Mund.

»Aber, aber!«

»Entschuldigung«, sagt er verstört. Wie ein Pfahl steht er da. Hilde Bergendorf wendet sie sich noch einmal um, legt beide Arme um seinen Hals und küsst ihn.

Robert umarmt sie leidenschaftlich. Mit einem Seufzer birgt er das Gesicht an ihrem Hals.

Ganz weich streicheln ihre Hände über sein Haar. »Du Bub, du«, flüstert sie und hält ganz still, als er ihr Gesicht mit glühenden Küssen bedeckt, den Hals, die Wangen, die Stirn und den Mund, bis sie sich ihm entzieht. »Du bist auf dem besten Weg, mein Lieber, dich in mich zu verlieben. Und das darf nicht sein, Robert.«

»Und warum nicht?«

»Weil du dich jetzt nicht verzetteln darfst. Du darfst jetzt nichts anderes tun als lernen und nochmals lernen. Der Preis jeder Kunst ist der Lohn des Fleißes. Du bist begabt, Robert, in dir schlummert sehr viel. Du musst einen Auftrag erfüllen und darfst dich jetzt an nichts anderes verlieren.«

»Das sagst du ja bloß, weil du mich nicht liebst! Versteh ich ja auch. Du kommst aus einer ganz andern Welt.«

»Rede keinen Unsinn! Einer muss schließlich einen klaren Kopf behalten!«

Beide Hände legt sie noch einmal um seine Wangen und küsst ihn, dann dreht sie sich um und geht auf das Haus zu. Leise klirrt der Schlüssel, dann fällt die Tür hinter ihr ins Schloß. Im Flur flammt Licht auf und erlöscht wieder.

Enttäuscht geht Robert fort. Aber ist er nicht zu Unrecht enttäuscht? Hat er denn erwartet, dass sie ihn mit in ihr Zimmer nimmt? Ganz laut lacht er vor sich hin. Diese feinen Frauen haben eine ganz besondere Art, einem das Herz zu verwirren! Wie viel klarer und unkomplizierter ist dagegen Linde!

Mit einem Ruck bleibt er stehen. Warum muss ihm gerade jetzt die Linde einfallen? Der Gedanke an sie treibt ihm Röte ins Gesicht.

Den Mantelkragen hochgeschlagen, geht Robert den Weg zurück, vorbei an dem Gasthaus, in dem sie saßen, dann biegt er in eine Gasse ein.

›Rosalinde‹, sinniert er, ›muss doch nicht stark genug in meiner Seele verankert sein, sonst hätten diese Küsse am Gartenzaun nicht sein können.‹

Seine Unruhe und Verwirrung ist so groß, dass er fast bis Mitternacht umherirrt, dass er sich dreimal vor Hilde Bergendorfs Haus findet und die ganze Front abschaut, ob er nirgends ein Licht sieht. Wirklich, er hätte ein paar Steinchen an das Fenster geworfen. Aber das Haus liegt dunkel da inmitten des großen Gartens.

Als er schließlich sein Zimmer betritt, schrickt er zusammen, als hätte ihm jemand einen Stoß versetzt. Auf dem Nachttisch steht Lindes Bild in einem Silberrahmen. Er meint, ihre Augen sähen ihn vorwurfsvoll an, und er blickt zur Seite, nimmt das Bild und stellt es an einen andern Platz. Es kommt ihm wie ein Verrat vor, der ihn nun quält und lange keine Ruhe finden lässt.

Wenn er nur wüsste, was nun werden soll? Er wird morgen einmal ganz ernst mit Hilde reden. ›Du hast mich ganz schön durcheinander gebracht‹, wird er sagen. ›Lernen, sagst du, soll ich und an nichts anderes denken. Dann muss ich dir aber sagen, dass ich im Begriff bin, nur noch an dich zu denken. Und ich glaube, du hast es so gewollt. Ich hab mich in dich verliebt.‹

Ach, er nimmt sich so viel vor, was er ihr sagen wird. Aber er kommt nicht mehr dazu, denn am nächsten Vormittag wird ihm ein Brief zugestellt.

»Lieber Robert! Nun ist geschehen, was ich eigentlich vermeiden wollte. Es begann nicht gestern, sondern schon in München, als ich Dich das erste Mal sah. In der vergangenen Nacht bin ich mir nun klar geworden. Jetzt noch zu leugnen, dass ich

Dich liebe, wäre Unsinn. Ich weiß aber auch, lieber Robert, dass meine Liebe Dir jetzt mehr Belastung wäre als Beglückung. Die Kunst muss jetzt Dein ganzes Leben ausfüllen. Nach gründlicher Überlegung bin ich zu dem Entschluss gekommen, dass es besser ist, wenn wir uns zunächst nicht wiedersehen. Versteh mich bitte und sei nicht traurig, wenn ich Dir hiermit Lebewohl sage und Dich nur in Gedanken zum Abschied küsse. Hilde.«

Verloren schaut er zum Fenster hinaus. Dann zerreißt er den Brief in kleine Fetzen und schiebt sie in den Ofen. Und draußen schneit es in dicken, wässrigen Flocken. Er wird noch nicht liegen bleiben, dieser Schnee. Der Boden ist noch nicht gefroren.

7

Robert ist wieder daheim, denn die Schule ist den Sommer über geschlossen, und außerdem hat die Tannhoferin nur für diesen einen Kurs ihr Einverständnis und das Geld gegeben. Jetzt bereut sie, dass sie nachgegeben hat, denn Robert scheint ihr völlig verwandelt. Er ist noch schweigsamer als früher und hat offenbar keine rechte Freude mehr zu den bäuerlichen Dingen. Wie missmutig er die Sense in die Hand nimmt und hinter dem Christoph weit zurückbleibt! Immer hat er diesen sinnenden Ausdruck in den Augen, und wenn er wirklich einmal lacht, dann klingt es irgendwie fremd.

»Das wird schon wieder werden«, versucht die Bärbel zu trösten. »Er braucht halt seine Zeit, um wieder daheim zu sein.«

Die Tannhoferin schaut das Mädel lange an, bevor sie antwortet: »Nein, ich fürchte, der ist fürs Bauerntum verloren.«

Robert kommt sich in der kleinen, bescheidenen Bauernwelt wie verloren vor. Es wird zwar mit jedem Tag ein wenig besser, der erste Muskelkater vergeht, aber in dieser Welt leuchtet ihm eben nichts mehr. Der schöne, strahlende Stern Hilde Bergendorf ist untergegangen. Wahrscheinlich hat sie alles schon vergessen, und es bleibt ihm wohl nichts übrig, als mit Linde wieder die alten Wege durch den Wald zu gehen und bei ihr vergessen zu lernen, dass für kurze Zeit sein Herz und seine Seele dieser anderen Frau gehört haben. Eigentlich hätte er ja längst zu Linde gehen müssen. Drei Tage ist er nun schon daheim. Aber er schiebt es hinaus, will bis zum Sonntag warten.

Am Samstag nun, an dem auf dem Tannhof gewöhnlich um fünf Uhr Feierabend gemacht wird, wenn die Arbeit es gestattet, steht Robert am Brunnen mit nacktem Oberkörper und wäscht sich den Staub des Tages ab. Sein Körper ist noch nicht braun gebrannt wie Christophs Brust und Rücken.

Geschäftig reicht ihm die Bärbel das Handtuch hin. Sie ist wieder ganz versponnen in ihrer Liebe, lebt auf, seit Robert daheim ist, und kann kaum verbergen, wie es in ihrem Herzen brennt.

Robert schlüpft gerade in das frische Hemd, als er den Wagen des Doktor Burgstaller den Berg heraufkommen sieht. Gleich darauf hält er knapp vor dem Brunnen, und Linde springt heraus. Ohne sich darum zu kümmern, ob es jemand sieht, eilt sie auf Robert zu und küsst ihn.

Dann erzählt sie rasch: »Ich habe Papa zum Murrbauern fahren müssen. Es wird länger dauern dort, und da hab ich mir gedacht, weil du ja auch nicht kommst ...«

»Morgen, Linde, wär ich gekommen«, antwortet er verwirrt.

Die Bärbel ist auf einmal verschwunden, aber die Tannhoferin steht unter der Haustür.

»Ja, muntere ihn nur ein bissl auf«, sagt sie. »Der läuft noch immer so traumversponnen umeinander!«

Betroffen schaut Robert auf.

Die Mutter ist doch immer skeptisch gegen Linde eingestellt gewesen, und jetzt begrüßt sie sie fast wie eine Verbündete. Er versucht ein Lächeln.

»Übertreib nur nicht, Mutter! Es wird mit jedem Tag besser mit mir. Und wenn jetzt die Heuernte losgeht …«

Linde muss mit ins Haus kommen und sitzt nun mit allen in der Stube um den großen Bauerntisch, nimmt von dem Rettich und den Butterbroten und trinkt Bier. Dabei sagt sie einmal zur Bärbel: »Was ist eigentlich mit dir los, Bärbel? Früher bist du doch öfter einmal zu uns ins Doktorhaus gekommen.«

»Ja, früher«, meint die Bärbel. »Da waren wir noch Kinder.«

»Aber deswegen musst du mir doch heute nicht aus dem Weg gehen.«

»Vielleicht hat sie einen Schatz«, witzelt Christoph, und Robert stimmt gleich zu: »Warum auch nicht? Alt genug ist sie jetzt, und schön ist sie auch, unsere Schwester.«

Wie mit Wasser übergossen, springt Bärbel auf und rennt hinaus.

»Was hat sie denn auf einmal?«, staunt die Tannhoferin und wendet sich Linde zu: »Ist es beim Murrbauern was Ernstes?«

»Ja, Papa will ihn ins Krankenhaus überweisen. Wie geht es denn Ihnen jetzt?«

»Ein bissl besser, seit Robert wieder daheim ist. Aber weiß man denn, ob ich ihn daheim halten kann?«

Eine Weile ist es ganz still.

Dann sagt Linde: »Kaum, Robert hat jetzt gezeigt, was in ihm steckt, und es wäre Sünde, ihm seine Freiheit und seinen Willen zu beschneiden.«

Zornig legt die Tannhoferin das Besteck weg. »Wie redest denn du daher, Linde? Aber ich weiß ja, du bist immer schon zu seinen Hirngespinsten gestanden!«

»Es sind keine Hirngespinste, Tannhoferin. Und ich allein wäre wohl auch zu schwach, Robert zu etwas zu überreden, an das er selber nicht glaubt.«

»Ja, ja, ist schon recht. Ich wollt dich nicht beleidigen, Linde. Und so langsam finde ich mich damit ab, dass er sich meinem Willen nimmer fügt und seine eigenen Wege gehen wird. Zum Glück hat sich der Christoph recht gut eingearbeitet in der Zeit, in der Robert nicht da war.«

»Na, siehst es«, lacht Christoph. »Da krieg ich auch einmal ein Lob!«

»Ich bin nur gerecht«, stellt die Tannhoferin fest. »Hoffentlich bleibt es auch so.«

Draußen leuchtet der Abend in allen Farben. Das Gras steht hoch, die Obstbäume haben Früchte angesetzt wie schon lange nicht mehr.

Robert und Linde gehen Hand in Hand über die Viehweide hinauf zum Waldrand.

»So«, sagt Linde, als sie sich am Wiesenrand zurechtgesetzt hat, und weist Robert einen Platz neben sich. Sie legt ihren Kopf an seine Schulter und bittet: »Und nun erzähl mir ganz genau, Robert, wie es war. Aber zuvor ... du hast mich noch nicht einmal richtig geküsst, Robert.«

Er tut es und spürt in heißem Schreck, dass er dabei an andere Küsse denkt.

»Musst du eigentlich deinen Vater nicht wieder abholen vom Murrbauern?«, fragt er.

Ihr Blick verschleiert sich für Sekunden. Diese Frage ist wie ein schwerer Klumpen in ihr Herz gefallen.

»Er will zu Fuß heimgehen, hat er gesagt. Er hätte sowieso zu wenig Bewegung, meint er. Er weiß übrigens, dass ich zu dir gefahren bin.«

»Er weiß es?«

»Natürlich! Ich habe keine Geheimnisse vor ihm. Er weiß, dass ich dich lieb habe und dass wir zusammengehören. Oder nicht mehr, Robert?«

»Zusammengehören? Ja, natürlich.«

»Du bist manchmal so weit weg mit deinen Gedanken, merke ich. Ist dir vielleicht jemand begegnet, der dein Herz gefangen hat?«

Ihre Worte zermalmen ihn förmlich. ›Jetzt muss ich reden‹, denkt er, und er grübelt an den Anfangsworten herum. Er will ihr nicht weh tun.

Aber gerade als er anfangen will, sagt sie: »Das war nur Spaß, Robert. Wer soll denn dein Herz fangen, das du doch bei mir gelassen hast? Ich träume vielleicht ein bisschen viel, aber mir ist immer so gewesen, als wäre dein Herz ganz nahe bei mir. Der Gedanke ist so tröstlich gewesen und hat mir über manche Stunde hinweggeholfen, wenn ich lange auf einen Brief von dir warten musste. Mit dem Schreiben hast du dir ganz schön Zeit gelassen.«

»Ja, aber ich denke, dass ich dir doch recht ausführlich geschrieben hab. Und Zeit, weißt du, Freizeit hat es nicht viel gegeben.«

»Ja, aber nun sag mir noch mal: Was hat der Professor genau gesagt?«

»Dass ich dort nichts mehr lernen kann und auf eine Akademie müsste.«

»Als ich das gelesen habe, Robert, da hab ich gemeint, ich muss einen Luftsprung machen vor Freude darüber, dass ich mich nie getäuscht habe in dir.«

›Wenn du wüsstest‹, denkt er, und es wird ihm immer schwerer ums Herz. So viel Liebe, so viel Vertrauen, nein, das darf er nicht enttäuschen.

Vom Tal herauf klingen die Abendglocken. Grillen zirpen ringsum, während das Vogelgezwitscher allmählich verstummt. Wolken, schon jedes Abendglanzes beraubt, ziehen träge dahin und verdecken da und dort schon einen blassen Stern.

»Wie schön das alles ist«, flüstert Linde und schmiegt sich enger an ihn. Sein Arm liegt um ihre Schultern. Er spürt die Wärme ihres Körpers, und bei ihren Küssen verlöscht auf einmal alles, was ihn verwirrt und bedrängt hat.

Immer mehr Sterne werden es. Die Nacht ist warm und von Heuduft erfüllt. Die Heimat hat ihn wieder, diesen Robert Meißner, der Zauber dieses Mädchens hat ihn wieder eingefangen. Das andere soll ein Traum bleiben, der seine Schönheit nicht zu verlieren braucht.

In dieser Stimmung kann er seine Sicherheit zurückgewinnen. Wer weiß denn, ob er Hilde Bergendorf jemals wiedersehen wird. Das Gegenwärtige hält ihn umfangen, und er zieht seine Füße zurück aus der fremden Welt, in die er sich verirrt hat. Es ist wieder so wie am Anfang ihrer Liebe, als sie an diesem Abend engumschlungen zum Tannhof hinuntergehen.

Am zweiten August hält der Trachtenverein »Almenrausch« in Kirchzell sein vierzigjähriges Gründungsfest mit der Weihe einer neuen Fahne ab. Früh um sechs Uhr krachen schon die Böller von den Höhen, die Musikkapelle zieht mit dem Weckruf durch die morgendlichen Gassen.

Gegen acht Uhr treffen die auswärtigen Trachtenvereine ein und ziehen mit Musik durch die tannengeschmückten Triumphbögen in den Marktflecken ein, in dem alle Häuser beflaggt sind. Auf einem großen Transparent, das sich beim Kaufmann Lindhuber über die Straße spannt, steht der Spruch: »Treu dem guten alten Brauch.«

Das ist ein großer Tag für den Tannhofer Christoph. In aller Herrgottsfrüh ist er schon auf den Beinen, hat als Mitglied des Festausschusses ein weithin sichtbares weiß-blaues Bandl an seiner Trachtenjoppe und ist energisch hinter der Jugendgruppe her, die Festzeichen zu verkaufen hat.

Die Sommergäste säumen dicht die Straßen, als man sich zum Kirchenzug aufstellt. Auf den Stufen des Hotels »Zum blauen Enzian« steht Hilde Bergendorf und setzt der blendenden Sonne wegen ein dunkle Brille auf. In ihrer Begleitung ist Professor Hagen, den sie in München getroffen hat und der mit ihr gestern Abend nach Kirchzell gefahren ist.

Plötzlich fasst Hilde den Arm des Professors. »Dort ist er, Professor!«

Schon springt sie die breite Treppe herunter, und tippt Christoph auf die Schulter, der sich gerade mit dem Vorstand des Vereins unterhält.

Christoph dreht sich um und staunt nicht schlecht, als dieses elegante Geschöpf vor ihm steht, ihn anstrahlt und ihm beide Hände hinstreckt.

»Ist das vielleicht keine Überraschung?«

»Und was für eine«, lacht Christoph frech, der sich mit bestem Willen nicht erinnern kann, wo er dieses Fräulein schon gesehen haben könnte. Noch dämmert ihm nicht, dass er für einen anderen gehalten wird, selbst dann nicht, als Hilde ihm einen herzhaften Kuss auf die Wange gibt und lacht: »Wie braun du geworden bist!«

»Gell, da schaust! Ja mei, die gute Luft bei uns!«

Hilde hängt sich an seinen Arm, lenkt ihn ein paar Schritte zur Seite und erzählt in sprudelnder Hast: »Ich hatte in München zu tun, und da hab ich mir gedacht, ich schau einmal nach, wie es dir geht, nachdem du ja meine beiden Briefe bis jetzt noch nicht beantwortet hast. Übrigens, Professor Hagen ist auch hier. Komm, begrüß ihn schnell! Du scheinst ja hier recht engagiert zu sein.

»So, der ist auch da«, sagt Christoph und malt sich schon aus, in welch herrliches Erlebnis er da heute einsteigen wird, wo es ihm so leicht gemacht wird. Vielleicht hätte er das Spiel noch eine Weile so weitertreiben können, wenn er jetzt vor lauter Belustigung nicht seinen Hut aus der Stirn geschoben hätte. In diesem Augenblick erschrickt Hilde, denn sie sieht die Narbe über der Braue und dass Christoph sein Haar ganz kurz trägt.

»Um Himmelswillen, ich glaube – es ist mir ein Versehen passiert. Sie sind doch nicht der Robert Meißner?«

»Nein, aber der Christoph, dem Robert sein Bruder. Aber das macht gar nichts. Das schöne Fräulein kann doch auch mit mir Vorlieb nehmen. Es muss doch nicht überall und bei jeder der Robert sein.«

Noch nie ist Hilde Bergendorf derart aus der Fassung gebracht worden.

»Wie kann mir denn das passieren?«, fragt sie. »Ihr seht euch zum Verwechseln ähnlich!«

»Kunststück, wo wir doch Zwillingsbrüder sind!«

»Wo ist denn Robert?«

Christoph zuckt die Schultern. »Irgendwo unter der Menschenmasse oder vielleicht auch noch daheim.« Er deutet mit einer Kopfbewegung zur Höhe hinauf. »Das dort oben ist der Tannhof.«

Der Vorstand schreit über die Straße herüber: »Christoph, wo ist denn der Zug III eingeteilt?«

»Beim Seewirt! Muss ich mich denn um alles kümmern?«

Als er sich wieder umdreht, ist Hilde verschwunden. Er sieht sie auf den Stufen »Zum blauen Enzian« neben einem weißhaarigen Herrn stehen, auf den sie erregt einredet.

Verdrossen stampft Christoph einem neuankommenden Verein entgegen und weist ihn in eine Seitengasse ein.

Das ist doch zum Verrücktwerden! Alles dreht sich um den Robert! Wie sie erschrocken ist, als sie den Irrtum bemerkt hat! Dabei hat sie ein Aussehen, dass einem gleich das Herz höher schlägt. Neid erfasst ihn und brütet die schwärzesten Gedanken in ihm aus. Man sollte vielleicht der Burgstaller Linde einmal die Augen ein bisschen öffnen. Es muss ja nicht so sein, dass der eine gleich zwei Tortenstücke hat und der andere gar keins.

Dann erfasst ihn der Trubel wieder. Der Festzug setzt sich in Bewegung, voran die Geistlichkeit im großen Ornat, um auf dem großen Platz beim Seewirt die Feldmesse abzuhalten.

Hilde steht noch immer neben dem Professor und lässt dieses farbenfrohe Bild an sich vorüberziehen. An die dreitausend Trachtler marschieren vorbei, die Fahnen wehen im Wind, das Echo der schmetternden Marschmusik hallt durch alle Winkel und Gassen.

»Sie mögen mich für sentimental halten, Professor, aber das sind Bilder, die einem richtig ans Herz greifen«, sagt Hilde und setzt von neuem ihren Fotoapparat an. »Ich hab so was noch nie gesehen. Gehen wir auch zum Festplatz?«

»Oder vielleicht lieber zum Tannhof?«, fragt Hagen. »Wir sind ja schließlich nicht wegen dieses Festes hier. Wir wollen doch nach unserm Schützling sehen.«

»Ja, und nun ist mir diese Verwechslung unterlaufen.«

»Das macht doch nichts! Kommen Sie, Hilde!«

Auf dem Festplatz herrscht trotz der Menschenmenge andachtsvolle Stille.

Christoph schlängelt sich ans Seewirtshaus heran, wo schon zwei Hektoliterfässer bereitstehen, um nach dem Hochamt angezapft zu werden. In der Küche steht ein mächtiger Kochtopf mit Weißwürsten. Christoph lässt sich an einem der Tische im Flur nieder.

»Wally, bring mir schnell eine Halbe! Die Kehle ist mir schon gleich ausgetrocknet.«

»Kannst nicht warten, bis die Wandlung vorbei ist?«

»Derweil bin ich verdurstet, und das möchtest denn doch nicht!«

Kaum dass er das Bier vor sich stehen hat, setzt sich auch schon der Wirt zu ihm.

»Heut wär wieder ein günstiger Tag. Die ganze Jägerei ist beim Trachtenzug dabei.«

Christoph schaut ihn verdrossen an, trinkt einen tiefen Schluck und zieht den Hut in die Stirn.

»Ich kann jetzt nicht. Die haben das letzte Mal schon was gespannt.«

»Nichts haben sie gespannt! Bei mir waren sie auch, haben das Wildbuch kontrolliert und den Kühlkeller ausgesucht.«

»Trotzdem, ich muss eine Zeit lang abwarten.«

»Brauchst kein Geld? Ich hab gehört, du möchtest dir ein Auto kaufen.«

»Das kann ich auch ohne dich kaufen. Die Mutter hat schon eingewilligt.«

»Na ja, ich hab ja bloß gemeint.« Der Seewirt sieht sich rasch um und senkt die Stimme: »Der Hasenbauer Jörg will mir heut einen frischen Bock bringen.«

»Von mir aus«, brummt Christoph und trinkt sein Bier aus.

»Ich hätte nicht geglaubt, dass du so brav werden könntest, Christoph«, stichelt der Wirt weiter.

»Geh, was weißt denn du, wie hart es mich ankommt! Nachts steh ich oft am Fenster und horch in den Wald hinauf. Und dann zittern mir die Händ, und grad halten muss ich an mich, dass ich nicht hinausrenn!«

»Ja, wem es einmal im Blut liegt ...«

»Und ich geh auch wieder hinaus! Das ist ja kein Leben so! Bloß muss ich noch ein bissl Zeit verstreichen lassen. Der Windstetter ist ein ganz verdammter Schnüffler.«

Silbern klingeln die Ministrantenglöckerl zur Wandlung. Christoph wirft ein Geldstück auf den Tisch, geht hinaus und kniet sich in der hinteren Reihe auf den Boden. Der Pfarrherr hebt den Kelch hoch, die Glöcklein klingeln wieder, und ein Schwalbenpaar fliegt über den Baldachin des Feldaltars, der von zwei weißblauen Rautenfahnen flankiert ist.

Die Nachmittagsonne fällt freundlich durch die Stubenfenster, wo die Tannhoferin, Robert, Professor Hagen und Hilde Bergendorf am Tisch sitzen und Kaffee trinken. Die Tannhoferin starrt fast unbewegt auf die geblumten Tassen und lässt die vielen Worte wie einen Wasserfall über sich niedergehen. Alles, was da vom Professor und von dieser schönen Frau gesagt wird, klingt überzeugend.

Sie sieht allmählich ein, dass der Robert einer der wenigen ist, die eine Karriere als Künstler anstreben könnten. Sie bekommt Worte zu hören, die sie noch nie gehört hat, und sie meint auf einmal, dass hier alles zu eng ist für das Große, das vor ihr ausgebreitet wird.

»Wollen wir uns nicht in die Sonne hinaussetzen?«, fragt sie schließlich und hegt die leise Hoffnung, dass sich dann doch ein anderer Gesprächsstoff findet, als nur die Kunst, von der sie so herzlich wenig versteht.

Robert hat Hilde und den Professor kurz nach der Feldmesse drunten getroffen. Ist das eine Überraschung für ihn gewesen! Sie haben dann eine Weile im Wirtsgarten gesessen, und Robert hat den beiden sein Herz ausgeschüttet, in welchen Zwiespalt er geraten ist. Dass die Mutter wohl eingewilligt hat, ihn nach München gehen zu lassen, aber nur mit halbem Herzen, und dass sie immer sagt, er sei ihr dann für ewig verloren. Kurz entschlossen hat er die beiden mitgenommen auf den Tannhof zum Mittagessen.

Und wenn die Tannhoferin gemeint hat, angesichts des herrlichen Sommerbildes ringsum müsste man doch unweigerlich zu einem anderen Gespräch kommen, so sieht sie sich getäuscht, denn der Professor schwärmt: »Ich war es, der Robert bereits in Oberammergau mit aller Leidenschaft zugeredet hat, zu lernen und wieder zu lernen. Es wäre doch sträflicher Leichtsinn, einem Begabten den Weg in die Welt der Kunst zu versperren!«

Ja, mit Engelszungen redet er. Und noch bittender setzt die schöne Frau sich für Robert ein. Zuweilen macht die Tannhoferin die Augen schmal und betrachtet die beiden aufmerksam. Sie ist stutzig geworden. Es sei nicht ohne Mühe gegangen, erklärt Hilde, ein Stipendium für Robert zu bekommen.

Was ein Stipendium ist, will die Tannhoferin wissen.

»Eine Unterstützung durch den Staat«, erklärt der Professor. »Das wird nur an die Begabtesten vergeben, an junge Menschen, die die Voraussetzungen dafür erfüllen. Und Robert hat sie erfüllt. Sie dürfen nicht ›nein‹ sagen, liebe Frau.«

»Es muss Sie doch selbst mit Stolz erfüllen«, sagt Hilde.

Die Tannhoferin sieht sie wieder lange an. Sie kann nicht sagen, dass diese Frau ihr unsymphatisch wäre. Sie wird von der Wärme eingefangen, mit der Hilde spricht.

»Ja, ich sehe schon, es wird mir wohl nichts anderes übrig bleiben. Muss halt doch wohl ›ja‹ sagen.« Aber dann kann sie den letzten Satz des Fräuleins doch nicht ganz unerwidert lassen. »Das sagen Sie so leicht dahin, weil Sie nicht Mutter sind und keinen Sohn fortzugeben haben. Es leuchtet mir schon langsam ein, was Sie sagen. Aber Sie müssen auch mich verstehen. Ich hab den Robert im Sinn seines Vaters erzogen, für den Bauernstand. Und nun soll er das auf einmal alles vergessen und in eine Welt hineingehen, die wir nicht so gut kennen und die uns nicht liegt. Was dann, wenn er in der Stadt untergeht?«

»Er wird nicht untergehen, gelt, Robert?«, antwortet Hilde schnell, nimmt seine Hand und schaut ihn mit einem Blick an, dass die Tannhoferin beinahe erschrickt. Robert lächelt und sagt mit heller, fröhlicher Stimme: »Wie wär's, wenn wir jetzt alle miteinander zum Fest hinuntergingen?«

»Ich nicht«, lehnt die Tannhoferin ab. Aber sie wird von allen dreien so bedrängt, dass sie wohl oder übel muss. Nur umziehen will sie sich noch und geht ins Haus.

»Das war eine harte Nuss«, meint der Professor. »Aber ich kann sie verstehen.«

»Eine herrliche Frau«, schwärmt Hilde.

Kurze Zeit darauf tritt die Tannhoferin aus dem Haus, und Hilde kann einen Ruf ehrlicher Bewunderung nicht unterdrücken. In dem Trachtenkleid sieht sie noch jünger aus. In ihren Augen liegt jetzt ein strahlender Glanz.

»Dass du noch nie auf die Idee gekommen bist, Robert, deine Mutter zu modellieren!«

»Eine Mutter ist kein Modell«, sagt die Tannhoferin nicht ohne Schärfe. Lacht aber gleich darauf wieder. »Gehen wir jetzt?«

Den schmalen Wiesenweg müssen sie hintereinander gehen. Erst drunten auf der Straße gehen sie dann alle vier einträchtig nebeneinander.

Es wird eine fröhliche Tischrunde, da drunten am See, obwohl Robert einiges versäumt hat. Er stellt weder Linde als seine Braut vor noch Hilde Bergendorf als eine gute Bekannte.

»Fräulein Burgstaller«, sagt er. »Fräulein Bergendorf – Professor Hagen.«

»Von dem du mir so viel erzählt hast?«, fragt Linde.

»Ja, der mir unendlich viel beigebracht hat.«

»Dem ich aber nun nichts mehr beibringen kann«, antwortet Hagen und zündet sich eine Virginia an. Er sitzt neben der Tannhoferin und fühlt sich so wohl wie schon lange nicht mehr. Offensichtlich genießt diese Bäuerin überall großes Ansehen, denn von allen Seiten ruft man ihr Grüße zu, und nach kurzer Zeit bereits holt der Vereinsvorstand sie zum Tanz. Das ist seine Pflicht, denn die Tannhoferin hat für die neue Fahne einen ganz schönen Betrag gestiftet.

›Von mir hat er anscheinend diesem Fräulein Burgstaller nichts berichtet‹, denkt sich Hilde und mustert Linde verstohlen. Mit dem untrüglichen Instinkt einer Frau wittert sie sofort, dass zwischen den beiden mehr als nur eine bloße Freundschaft besteht. Aber Linde gefällt ihr, wie sie so fröhlich und unbekümmert drauflosplaudert. Absichtlich verwickelt Hilde sie immer wieder in ein neues Gespräch. Dabei fällt auch einmal der Name Oberammergau, und sofort wendet sich Linde an Robert: »Das hast mir nicht gesagt, dass du Fräulein Bergendorf bereits in Oberammergau kennen gelernt hast.«

Das ist ganz ohne Misstrauen gesagt, klingt eher wie eine nebensächliche Feststellung, und Robert hätte gar nicht rot werden brauchen.

Hilde hilft ihm aber sofort aus der Verlegenheit: »Ich glaube, unsere Begegnung war so unbedeutend und nichts sagend, dass mein Name kaum erwähnenswert war.«

»Oh, sagen Sie das nicht, Fräulein Bergendorf«, lacht Linde unbefangen auf. »Sie sind eine bedeutende Persönlichkeit!«

Zum Glück kommt jetzt Christoph daher, ohne Joppe, die Ärmel aufgekrempelt, den Hut weit aus der Stirn geschoben.

»Ja, was sehen denn da meine Guckerl? Robert, hat sie dir schon erzählt, dass sie mich heut schon mit dir verwechselt hat?«

»Nein, das weiß ich nicht«, sagt Robert, hält seine Hände unter den Tisch und merkt, dass sie schwitzen.

»Aber mir hat es nichts ausgemacht. Ich hab ganz gern einmal du sein wollen. Schad, dass man uns nicht öfter verwechselt!«, und zu Hilde gewandt: »Wie steht's, packen wir's einmal?«

Weil er eine recht drollige Verbeugung dazu macht, deutet es Hilde so, dass dies eine Aufforderung zum Tanz ist. Sofort steht sie auf und lässt sich von Christoph zum Podium führen. Hier herrschen anscheinend viel freiere, ungezwungenere Sitten, muss sie denken und staunt dann, mit welcher Sicherheit Christoph sie über den rauen Bretterboden dreht.

»Sie tanzen aber ausgezeichnet«, lobt sie. Und Christoph prompt darauf: »Mit dir möcht ich bis in den Himmel hinein tanzen.«

»Ach, da schau! Sie duzen mich ganz einfach?«

»Natürlich! Erstens ist das hier bei uns so Brauch, und zweitens hast du mich ja heut früh geküsst.«

»Aber nur auf die Wange, mein Lieber!«

»Macht nichts! Das richtige Bussl können wir nachholen. Heut Abend, wenn es dunkel wird. Da bin ich gar nicht so. – Wie leicht du tanzt! Mein Bruder hat schon allweil mehr Glück als ich.«

»Das bezweifel ich bei Ihrer Art.«

»Ein bissl leichtlebiger bin ich als der Robert. Das stimmt schon. Aber das kommt von seinem Umgang her. Die Linde ist auch allweil so ernst und manchmal mein ich, sie geht zum Lachen in den Keller hinunter.«

Nun muss Hilde lachen. Dann aber sagt sie: »Das finde ich eigentlich nicht. Sie ist ein feiner und lieber Mensch und von einer natürlichen Fröhlichkeit.«

»Mein Geschmack wär sie nicht! So was wie du bist, dafür hab ich immer schon geschwärmt!«

»Schwärmen heißt träumen. Und solange der Mensch träumt, ist er glücklich.«

»Glücklich? Das könnt ich von mir grad nicht sagen. Mir fehlt halt ein richtiges Madl. Weißt, ich bin eben ein bissl unbeholfen. Bei mir geht's Mundwerk nicht so geschmiert wie bei meinem Bruder.«

»Das stimmt aber nicht! Und diese Linde, wie steht sie denn eigentlich zu Robert?«

»Also, das kann ich dir genau sagen ... tja, gib doch Obacht, du Hammel«, schimpft er zu einem Tänzer hin, der sie derb angerempelt hat.

»Dir gib ich gleich einen Hammel!«, schimpft der andere zurück. Es ist ein Bursche aus einem Nachbardorf.

Christoph lässt seine Tänzerin los und geht auf ihn zu. »Passt dir was nicht? Geh her, dann mach ich's dir recht!«

Sofort ist Christoph von ein paar Kameraden umringt, die ihn beschwichtigen: »Nicht heut, Christoph. Wie steh'n wir denn da als Kirchzeller, wenn wir bei unserer Fahnenweih raufen.«

Der Tanz ist zu Ende, und so erfährt Hilde Bergendorf nicht mehr, was Christoph ihr hätte sagen können.

Aber das fühlt und sieht sie im Laufe des Abends auch so. Es entgeht ihr nicht, mit welch seligem Blick Linde an Robert hängt, ihn anlächelt und immer wieder seine Hand nimmt. Und Hilde könnte sich über sich selbst ärgern, weil sie dabei einen stechenden Schmerz fühlt. Aber sie hat sich in der Gewalt, sagt ›Sie‹ zu Robert und wundert sich, wie es kommt, dass sie sich so rettungslos in diesen Menschen verliebt. Nein, nicht verlieben. Zum ersten Mal spürt Hilde, dass es etwas sehr Ernstes ist, dass ihr ganzes Wesen erfasst ist von diesem Sturm. Und sie erschrickt, als Linde plötzlich sagt: »Ich muss jetzt leider aufbrechen. Robert, begleitest du mich heim?«

»Wie schade«, hört sich Hilde sagen. »Können Sie nicht noch ein Weilchen bleiben?«

»Es geht nicht. Die Oberschwester ist krank, zwei Schwestern sind in Urlaub – ich muss aushelfen. Aber vielleicht sehen wir uns morgen? Besuchen Sie mich doch im Sanatorium!«

»Das wird nicht möglich sein. Wir müssen morgen ganz früh zurück nach München, nicht wahr, Professor? Ich habe um zehn Uhr bereits eine Besprechung.«

Hilde zündet sich eine Zigarette an, als Robert mit Linde weggeht. Und sie atmet auf, als er nach einer Viertelstunde zurückkommt und sie sofort zu einem Tanz auffordert. Ein bisschen anders als sein Bruder.

»Ist es gestattet?«, fragt er, und Hilde bemerkt, wie geschickt er das traute Du zu umgehen weiß, den ganzen Nachmittag schon. Aber das nimmt sie ihm nicht übel, vielmehr denkt sie, dass er ihr in Oberammergau hätte reinen Wein einschenken müssen. Sie vermeidet es, während des Tanzes von Linde zu sprechen. Aber als er sie an den Tisch zurückführt, fragt sie: »Können wir uns heute noch allein sprechen?«

»Wann und wo?«

»Ich wohne im Blauen Enzian.«

»Sagen wir neun?«

»Es sei denn, du möchtest mit mir etwas früher speisen.«

»Ich komme um neun Uhr. Wir können uns ins Salettl setzen.«

»Wenn du es so willst.«

»Um neun Uhr ist dann auch ein Feuerwerk. Wir können es vom Salettl aus schön sehen.«

Vorerst aber ist es noch taghell.

Auf dem Podium wird der Bandltanz aufgeführt. Natürlich ist Christoph dabei. Er hat die Schöller Babett als Tanzpartnerin.

Herrlich, wie sich Farben und Bänder ineinander schwingen, wie die jungen Menschen sich drehen. Es ist ein Schauspiel, ganz ohne Regisseur. Ein Ausdruck hoher Lebensfreude. Hilde ist ganz hingerissen, verknipst ihren ganzen Film, macht auch von der Tannhoferin und von Robert eine Aufnahme und bedauert, nicht auch von Linde ein Bild zu haben. Aber dieses Gesicht wird sie ohnehin nicht vergessen. Es hat sich ihr eingeprägt wie auch ihre Stimme, ihr Lächeln und ihre verhaltene Zärtlichkeit.

›Mdada, mdada‹, brummt die Basstrompete, die Klarinetten stehen jubelnd darüber und die hellen Juchzer der Burschen klingen über den weiten Platz.

Das Salettl ist eine prachtvoll angelegte Pergola auf der Rückseite des Hotels, mit rotem Ziegelpflaster, einem offenen Kamin und dezenter Beleuchtung.

Robert und Hilde sitzen in bequemen Korbmöbeln in einer heimeligen Nische und haben eine Karaffe mit rotem Wein vor sich. Hilde hat sich eine Zigarette angezündet, lehnt sich weit im Sessel zurück und richtet ihre dunklen Augen auf Robert: »Und jetzt ganz ehrlich, Robert: Wie steht es mit dir und Linde?«

Robert bleibt ganz ruhig und erwidert ihren Blick.

»Hab ich dir das denn nicht in Oberammergau schon gesagt?«

»Von einer Jugendfreundschaft hast du etwas gesagt, ja. Glaube nicht, dass ich nicht jedes Wort noch wüsste. Ich habe dich bewusst danach gefragt, und du hast mir leider nicht ganz die Wahrheit gesagt.«

»Wieso nicht?«

»Weil das mehr ist als nur eine Jugendfreundschaft. Bei ihr wenigstens. Als Frau fühlt man das sofort. Übrigens ein sehr liebes, feines Geschöpf, dem man nichts zerstören darf. Und sie glaubt an dich.«

»Sie hat mich inspiriert, das stimmt.«

»Dann hat sie schon an dich und dein Können geglaubt, bevor ich dir begegnet bin. Das sagt viel, Robert. Und ich spreche ihr nicht ab, dass sie klug ist.«

»Sie hat das Abitur«, sagt Robert und fühlt sogleich, dass das auf Hilde keinen Eindruck macht, denn sie fährt fort: »Dass du meine letzten Briefe nicht beantwortet hast, hätte mir eigentlich zu denken geben müssen.«

»Du hast dir auch ganz schön Zeit gelassen, bis du sie geschrieben hast.«

»Ich bin kein kleines Mädchen mehr, Robert, und habe viel Zeit legen müssen zwischen die Stunde in Oberammergau und jetzt. Erst als ich mir klar geworden bin, dass ich dich, ... dass du mir viel mehr bedeutest ...«

Er beugt sich vor und fasst ihre Hand.

»Jetzt hättest du beinah gesagt, dass du mich liebst.«

»Ich brauchte mich dessen nicht zu schämen, Robert. Aber ich will niemandem etwas wegnehmen. Ich bin nicht die Frau, die ein anderes Herz zerstört.«

»Ui, ui! Warum denn so große, schwere Worte?«, fragt Robert und hat in diesem Augenblick etwas vom Zynismus seines Bruders in der Stimme und um die Mundwinkel.

»Weil in der Liebe nichts leicht ist. Ich meine jetzt die richtige Liebe. Da wiegt alles ernst und schwer.«

»Wenn das der Christoph hörte!«, lacht Robert.

»Du meinst deinen Bruder. Das ist ein ganz anderer Typ. Der lebt leichter als du oder ich.«

In diesem Augenblick pfeift die erste Rakete los.

Ein hoher, singender Ton, ein glühender Funke, der sich droben im Blauschwarz der Nacht zu einem farbenfrohen Sprühregen entfaltet. Schlag auf Schlag geht es jetzt. Gleich Sternschnuppen sausen die Raketen himmelwärts, entfalten sich droben mit leisem Zischen, dann stehen dunkelrote Rosen unter dem samtenen Himmel, in dem die Sterne zu erlöschen scheinen. Die Rosen entblättern sich und fallen in weitem Bogen auf die Erde.

Hilde steht mit Robert an der Balustrade der Pergola. Sie lehnt sich an ihn und er legt den Arm um ihre Schulter. Sie hat die Augen geschlossen, und als er sich über sie neigt und ihren Mund küsst, bekommt er einen Geschmack auf seine Lippen wie Salzwasser.

»Hilde, du weinst? Warum denn?«

»Verzeih, Robert. Es ist schon vorüber.« Sie versucht ein Lächeln, und es gelingt ihr auch. »Komm, wir wollen uns wieder hinsetzen.« Sie schenkt die Gläser voll und hebt das ihre.

»Auf dein Wohl, Robert und – auf deine Zukunft.«

»Ach ja«, seufzt er. »Was wird sie bringen?«

»Das, was du aus ihr machst.«

»Manchmal hab ich ein wenig Angst und – Mitleid mit meiner Mutter. Du kennst sie ja jetzt.«

»Eine herrliche Frau. Sie hat die Kraft, sich mit den Gegebenheiten abzufinden, und einmal wird sie noch recht stolz auf dich sein.«

»Du bist so siegessicher, Hilde.«

»Weil ich von deinem Können überzeugt bin. Und Angst, Robert, Angst brauchst du nicht zu haben. Was an mir liegt, ich werde dir immer gut Freund sein.«

Sie wirft beide Arme um seinen Nacken und – küsst ihn so verzweifelt, als hätte sie Angst, er könnte ihr in der nächsten Minute schon entgleiten.

»Ach, was hast du nur aus mir gemacht«, flüstert sie.

»Und du aus mir?«

»Man müsste zweimal leben dürfen.«

Robert trinkt ein paar hastige Schlucke, dann blickt er rasch auf.

»Ich weiß eigentlich gar nichts von dir«, beklagt er sich.

»Du hast mich nie danach gefragt.«

Und während von einem leichten Wind getragen, die Melodien der Musikkapelle heranwehen, erzählt Hilde mit ruhiger Stimme: »Ich hab meine Eltern früh verloren. Mein Vater war Physiker, meine Mutter Bildhauerin.«

»Ach, daher!«

»Unterbrich mich jetzt bitte nicht. Im Hause meines Onkels, der eine Porzellanmanufaktur hat, erlebte ich meine Kindheit und Jugend. Seine Frau, die Schwester meines Vaters, starb, als ich sechzehn war. Ich wurde damit in jungen Jahren schon so etwas wie Hausdame in dem großen Haus, in dem bedeutende Menschen verkehrten. Mein Onkel nahm mich mit auf Reisen, nach Amerika zum Beispiel, oder an die Riviera. Ich wurde zur Selbständigkeit erzogen. Dafür bin ich meinem Onkel dankbar. Leider ist er in letzter Zeit etwas kränklich, und manchmal sagt er: Was nützt mir mein Unternehmen, wenn ich nicht mehr gesund bin. Darum bin ich seit ein paar Jahren sehr viel allein auf Reisen, führe die Verhandlungen, bin auf Suche nach neuen Entwürfen und Ideen. Darum kam ich damals auch nach München und hab durch Zufall dich kennen gelernt.«

»Und der Mann, der damals in deiner Begleitung war?«, fragt Robert.

»Auf diese Frage habe ich gewartet. Eigentlich in Oberammergau schon. Es wäre unnatürlich, wenn du nicht gefragt hättest.«

Eine kleine Weile schweigt sie, nimmt einen Schluck aus dem Weinglas. »Karras heißt er. Dr. Otto Karras. Die gleiche Branche wie wir, Porzellan. Tatmensch, energisch, zielbewusst. Willst du noch mehr wissen?«

»Ja, nämlich ob er dir etwas bedeutet?«

Hilde kneift die Augenlider zusammen, als blickte sie in die Ferne. »Geschäftlich sind gleiche Interessen vorhanden. Sonst nicht mehr.«

»Nicht mehr? Seit wann denn?«

Sie blickt ihn an.

»Seit ich in München Robert Meißner begegnet bin.«

Da lacht er beglückt auf und küsst sie auf den Mund.

8

Der Abendsonne ist schon am Sinken, und die beiden hohen Fichten im Garten des Doktorhauses werfen ihre Schatten an die weiße Hauswand. Im Sprechzimmer des Vaters brennt Licht, und auch im Wartezimmer sitzen noch ein paar Patienten.

Linde geht in den Garten, um ein paar Astern zu schneiden. Plötzlich hört sie Schritte.

»Guten Abend, Linde.«

»Guten Abend, Christoph. Wo kommst denn du noch her?«

Er dreht den Kopf zum Wald hinauf. »Von dort oben.«

Lächelnd droht Linde ihm mit dem erhobenen rechten Zeigefinger. »Christoph, Christoph! Werd bloß nicht wieder rückfällig! Denk an deine Mutter, und was du ihr damit für einen Kummer bereiten würdest!«

Christoph streckt die Hand über den Zaun und fasst nach ihrem Arm. »Das kommt grad drauf an. Eine gibt es, die mich zurückhalten könnt. Die überhaupt einen anderen Menschen aus mir machen könnt.«

Voll Unbehagen will Linde sich befreien. Aber seine Finger sind wie eine Zange.

»Kannst es dir nicht denken, wen ich meine?«, fragt er. Und als sie den Kopf schüttelt: »Dich mein ich, Linde. Jawohl, dich.«

»Christoph, du bist verrückt!«

»Ja, nach dir, Linde. Und nicht erst seit heut. Manchmal bin ich dir nachgeschlichen, dir und dem Robert, und manchmal hab ich mir in die Fäust gebissen vor Weh. Und ich mag nicht allweil abseits stehen!«

Mit einem Ruck zieht er sie zu sich heran. »Sei gescheit, Linde. Stell dich doch nicht so an.«

Aber noch ehe er sie küssen kann, hat sie sich losgerissen und ihn vor die Brust gestoßen. »Was fällt dir denn ein!«, schreit sie ihn wütend an. »Für was schaust du mich denn an?«

»Was ist schon dabei! Die Leut sagen allweil, dass wir uns so gleichsehen, der Robert und ich. Also dürft es dir einmal doch nicht schwer fallen, zur Abwechslung.«

»Sei still, oder ich schrei um Hilfe!«

»Schrei doch!« Er greift in seine Joppentasche und zieht ein Bündel Briefe hervor. »Dann werd ich jedem ganz laut vorlesen, was für heiße Liebesbriefe das feine Doktorfräulein hat schreiben können!«

Erblassend tritt Linde einen Schritt vor, will Christoph die Briefe entreißen, aber er ist schneller und lässt sie rasch in seiner Joppentasche verschwinden.

»Woher hast du die Briefe?«, fragt sie mit erstickter Stimme.

»Von Robert.«

»Nein, das ist nicht wahr!«

»Nicht direkt. Ich hab halt ein Schlüsserl zu seiner Schatulle.«

»Gib sie mir, Christoph.«

»Wenn du mir einen Kuss gibst«, flüstert Christoph. »Als Vorschuss sozusagen. Machst halt die Augen zu und denkst dir, es ist der Robert.«

Ganz starr steht Linde da und sieht ihn an. Dann schüttelt sie den Kopf.

»Du bist noch viel gemeiner, als ich es für möglich gehalten hab!«

»So, ich bin gemein«, fährt er auf. »Und der andere, der darf umeinander lumpen in der Stadt drinnen! Bilde dir bloß nicht ein, dass der dir treu ist! Kannst dich noch erinnern an die Fahnenweihe im August? Da war eine da aus München, die hat mich einen Moment für den Robert angeschaut und hat mir einen Kuss gegeben!«

»Du meinst Hilde Bergendorf? Einen Kuss, sagst du?«

»Jawohl, auf den Mund! Und küssen kann die, sag ich dir! Genauso, wie du es in deinen Briefen schreibst.«

»Du lügst, Christoph, wie du immer schon gelogen hast. Hilde Bergendorf ist ja gar nicht in München.«

»Aber sie kommt jedes Wochenende dorthin. Warum, meinst denn du, dass er sonst gar nie kommt? Gestern hat er der Mutter geschrieben, dass er auch zu Weihnachten nicht kommen kann.«

Jetzt erschrickt Linde wirklich. Angst steigt in ihr empor. Das Weinen drängt zum Hals herauf, aber sie reißt sich zusammen.

»Wenn er wirklich zu Weihnachten nicht käme, so hat das ganz sicher einen anderen Grund.«

Mit galligem Lachen schüttelt Christoph den Kopf. Schöner denn je kommt ihm die Linde vor, wie sie so dasteht in ihrer Erregung. Noch einmal versucht er es auf gütliche Weise, redet davon, dass er sie schon lange in seinem Herzen trüge, dass er immer ein bisschen auf der Schattenseite des Lebens gestanden hätte, und sie möge doch Erbarmen mit ihm haben.

»Nein, nicht Erbarmen, nur Mitleid, weil du so haltlos bist und so gehässig sein kannst. Tu mit den Briefen, was du nicht lassen kannst. Ich werde Robert schreiben, dass du sie missbrauchen willst. Was du dir einbildest, Christoph, das ist unmöglich!«

Mit einem Ruck wendet sie sich um und rennt ins Haus. »Dann lass es bleiben, du fades Weibsstück!«, schreit Christoph ihr nach und geht auf den Ort zu.

Ein kalter Wind weht über den See und lässt die Wellen plätschern. Beim Seewirt ist die Gaststube hell erleuchtet. Christoph guckt zum Fenster hinein und bleibt unschlüssig stehen. Er sieht die Wally an der Theke hantieren. Die Wally, die er schon vergessen hat. Der Wirt sitzt mit ein paar Bauern am Ofentisch. Es ist jetzt, da die Fremden fort sind, eine recht ruhige Zeit.

Plötzlich neben ihm Schritte. Christoph fährt herum.

Der Jäger Markus Windstetter steht neben ihm.

»Ah, der Christoph! Auch noch unterwegs?«

»Ja, warum? Ist das nicht erlaubt?«

»Freilich. Trinkst auch noch eine Halbe?«

»Als wenn ich dich da um Erlaubnis fragen müsst!«, antwortet Christoph unfreundlich und geht davon, zum Schmiedwirt, wo der Trachtenverein sein Vereinslokal hat.

Im Frühjahr darauf reicht Ludwig Burgstaller seiner Schwester eine Zeitschrift, in der sich eine Besprechung sehr lobend mit einer Madonna befasst, die ein junger Künstler namens Robert Meißner geschnitzt hat.

»Das wird dich interessieren, Linde«, meint er.

»Ich habe das immer schon gewusst«, sagt Linde mit einer müden Handbewegung, als sie den Artikel gelesen hat. »Ich habe immer an ihn geglaubt.«

»Leider hat er dir das schlecht gelohnt, Linde.«

»Bitte, fang nicht wieder an.«

Linde ist jetzt die meiste Zeit im Sanatorium, arbeitet in der Buchhaltung und vertritt die Schwestern, die im Urlaub sind. Dabei hätte sie es selbst nötig, in Urlaub zu fahren. Sie sieht sehr blass aus, ist ohne Schwung, und manchmal sieht es so aus, als ob sie sich mit Absicht in die Arbeit stürzt, um etwas zu vergessen.

Obwohl die Tatsachen anders sprechen, glaubt sie unerschütterlich daran, dass Robert zurückfinden wird.

Daran denkt Robert im Augenblick jedoch nicht.

Die Madonna, die überall Aufsehen erregt, schwellt seine Brust voll Stolz, und er vergisst dabei die qualvollen Stunden und Nächte, in denen er oft verzweifelt vor dem Bildwerk gesessen hat.

Auch Hilde Bergendorf ist stolz auf ihn. Sie ist viel bei ihm und um ihn. Jedenfalls kommt sie in ihrem schnellen Wagen jedes Wochenende nach München. Es ist zum großen Teil ihr Verdienst, dass er nun auf der Plattform steht, von der es ihm möglich ist, den Sprung nach oben zu wagen. Er hat gar keine Ahnung von den vielen Steinen, die sonst auf seinem Weg gelegen hätten. Diese Frau hat sie weggeräumt, ganz ohne Aufsehen, wie in selbstverständlicher Pflichterfüllung. Natürlich sind ihr dabei ihre Verbindungen zustatten gekommen. In der Hauptsache aber ist es ihre Liebe gewesen, die bedingungslos zu jedem Opfer bereit gewesen ist.

Auch äußerlich hat Robert sich verändert in Kleidung und Haltung. Er hat Einiges lernen müssen, um neben Hilde bestehen zu können, wenn sie miteinander ausgehen. Es hebt sein Selbstbewusstsein ungeheuer, wenn er die bewundernden Blicke sieht, die Hilde gelten.

Über all dem hat er das Mädchen in der Heimat vergessen. Da Lindes Briefe nun auch ausbleiben, ist er sehr gerne bereit, anzunehmen, dass auch sie ihn aus ihrem Herzen verloren hat. Ist da nicht so ein junger Doktor Hartwig im Sanatorium? Linde hat ihm einmal erzählt, dass er für sie schwärmt. Auf alle Fälle macht dieser Gedanke es ihm leicht, das zu vergessen, was ihm einmal das Glück seines Lebens bedeutet hat. Ach, wie weit liegt das alles zurück! Heimat, Kindheit, Jugendliebe, der Gang mit der Sense zum Roggenfeld, der Weg in den Wald mit Säge und Axt. Das alles ist versunken in einer neuen, herrlichen Welt.

Seit kurzem kann er sich in der Herzog-Wilhelm-Straße eine kleine Wohnung mit Atelier leisten. Er arbeitet oft wie besessen, wenn er nicht in der Anatomie sitzt.

Doch dann, im Gipfelpunkt seines Glücks, erreicht ihn ein Brief aus der Heimat, in dem ihm Linde schreibt:

Lieber Robert!

Er stutzt, denn sonst hat sie immer ›Mein geliebter Robert‹ geschrieben. Dann liest er weiter:

Warum Du meine Briefe nicht mehr beantwortest, weiß ich nicht. Habe ich Dir vielleicht einmal nicht das Richtige geschrieben? Dann verzeih. Heute zwingt es mich aber, Dir zu schreiben und von Herzen zu gratulieren zu Deinem schönen Erfolg. Ich habe immer gewusst, dass er kommen wird, und ich möchte Dich bitten, deswegen jetzt nicht überheblich zu werden. Ich wünsche dir, dass Du auch weiterhin mit beiden Füßen fest auf der Erde bleibst und Gott dankst, der Dir diese Gnade geschenkt hat.

Ich bin jetzt viel im Sanatorium. Nicht weil ich etwa krank bin, sondern um zu arbeiten und mich nützlich zu machen. Manchmal sehe ich hinüber auf den Hang, auf den wir unser Haus bauen wollten. Denkst Du noch daran? Man spricht hier davon, Du seist für Deine Heimat hier verloren, weil Du Dich gar nicht mehr sehen lässt. Aber das glaube ich nicht. Einmal wirst Du wiederkommen, und dann wirst Du mich immer noch so finden:

auf Dich wartend und Dich liebend,
Deine Linde

Mit zitternden Händen faltet Robert den Brief zusammen.

Es treibt ihn hinaus. Er meint auf einmal, die Wände müssten ihn erdrücken. Kaum weiß er, wohin seine Schritte ihn lenken. Er geht über die Ludwigsbrücke. Mächtig rauscht die Isar unter ihr hin. Die Bäume haben ausgeschlagen, Blütenduft ringsum.

Zum ersten Mal seit langer Zeit packt ihn Heimweh. Ist das nun die frühlingstrunkene Landschaft an der Isar oder das Zwitschern der Vögel, das aus dem Gestrüpp kommt, er weiß es nicht. Er hat einfach Heimweh, nagendes Heimweh, das die Seele mit grauen Fäden umspinnt. Das Heimweh, das nach jedem Stein in der Heimat schreit, nach jedem Baum, nach jedem Glockenschlag. Und was er einmal als Last empfunden hat, die schwere Arbeit auf dem Acker etwa, ach, wie gerne möchte er jetzt mit den Füßen ganz tief im Ackerboden versinken. Wie schön ist es doch, wenn die Hänge leuchten im gleißenden Sonnenlicht und die Abendsonne die Wipfel des Waldes rötet, wenn die Nachtigallen rufen und alle Wege im weißen Licht des Mondes schimmern. Sehnsucht sogar nach den grauen trostlosen Regentagen packt ihn, die ihm damals so verhasst waren. Wie hat das gerauscht, und wie haben die Wolken ihre Schleppen über das Tal gezogen. Die Weißdornhecken waren mit vielen tausend Tropfen behangen. »Der Weißdorn weint«, hat dann Linde immer gesagt. Für alles hat sie ein Sinnbild gewusst.

Schließlich gelangt er in den Englischen Garten.

Der Frühlingsabend umfängt ihn. Liebende Pärchen gehen an ihm vorbei oder sitzen auf den Bänken. Hoch über den Buchenkronen blinken die ersten Sterne. Das Geräusch der Trambahnen und Autos ist fern und kommt wie aus einer anderen Welt. Robert steht unschlüssig am Weiher. Ein einsames Boot treibt auf dem Wasser. Er schaut zu, wie bei jedem Ruderschlag der glatte Spiegel der Wasseroberfläche zersplittert. Und ihm ist zumute, als zersplittere auch in ihm alles, auch das goldene Bild seiner Jugendliebe, weil er es aus seinen Händen gelassen hat.

›Ich werde ihr schreiben‹, denkt er und wendet sich heimwärts.

Aber schon im Flur sieht er Licht aus seinem Atelier schimmern. Hilde ist unverhofft gekommen. Zwei Hände liebkosen sein Gesicht, Lippen verschließen seinen Mund, und er versinkt mit einem tiefen Seufzer in ihrer Zärtlichkeit.

Die Zeit geht dahin, und mit ihr das Leben auf dem Tannhof nach dem harten Gesetz der Arbeit. Wenn die Tannhoferin nicht eine so kraftvolle Frau wäre, hätte sie schon manchmal verzweifeln müssen. Zwei Söhne hat sie, aber in Wirklichkeit haben sich beide von ihrem Herzen entfernt. Christoph arbeitet wohl, aber er tut es lustlos, wie unter Zwang. Dann packt sie mitunter auch die Angst, er könnte wieder gewildert haben, wenn er nachts spät heimkommt. Sie lässt es nicht an Warnungen fehlen und droht: »Du weißt, ich lüge nicht ein zweites Mal für dich!«

Auch Robert macht ihr Kummer, weil er über seinen Erfolg alles zu vergessen scheint, was ihm ans Herz gewachsen sein müsste. Kann er sich denn nicht denken, dass sie ihn oft herbeisehnt, und wenn es nur für ein paar Stunden wäre?

Aber sie ist nicht die Einzige.

Die Bärbel zum Beispiel, die immer schweigsamer wird. Der alte Steffl hat ihr einmal den Grund anvertraut und schließlich auch die Bärbel selbst. Dann die Linde, die manchmal am Abend vorbeikommt und still auf der Hausbank sitzt und hofft, dass ihr vielleicht jemand von Robert etwas sagen könnte. In der ersten Zeit hat die Bäuerin gemeint, Linde Vorwürfe machen zu müssen, weil ja sie es gewesen ist, die ihm die Flausen vom Künstlertum eingeredet hat. Aber wenn sie das blasse Gesicht sieht, die müde Resignation in den Augen, dann kommt sie das Erbarmen an.

An einem Sonntag macht die Tannhoferin sich auf den Weg, um in ihrem Heimatdorf einen Besuch zu machen bei Bruder und Schwägerin.

»Wenn ich um halb sechs noch nicht zurück bin, dann fang mit der Stallarbeit an«, schafft sie der Bärbel noch an. »Und mach dir einen guten Kaffee zum Nachmittag.«

Die Bärbel nickt und denkt sich, ›ich werd dann gleich den Steffl und die Burgl zu mir holen, damit ich nicht allein bin ...‹, aber noch ehe sie den Gedanken ganz zu Ende denken kann, wird die Tür aufgestoßen und Christoph kommt herein. Er trägt die Joppe über dem Arm und stellt sich vor den Spiegel, um sein blaues Trachtenkrawattl umzubinden.

Blitzartig wird in Bärbel die Szene wieder lebendig, als sie mit Christoph einmal allein in der Tenne gewesen ist und er sie mit brutaler Gewalt hat zwingen wollen, ihm zu Willen zu sein. Sie weicht hinter den Tisch zurück, öffnet langsam die Tischschublade und greift nach dem langen Brotmesser.

Da wendet Christoph, der im Spiegel alles beobachtet hat, den Kopf. »Streng dich nicht an. Du brauchst keine Angst mehr vor mir zu haben. Ich will dich nicht mehr. Eine, die gleich plärrt, wenn man ein bissl mit ihr im Stroh balgen möcht! Dank schön, mir reicht's.«

Sie hat das Messer immer noch in der Hand.

Christoph schlüpft in die Joppe und setzt sich den Hut auf. Dann kommt er ganz langsam auf den Tisch zu und lacht dabei höhnisch: »Was willst denn mit dem Messer? Könntest du mir das wirklich hineinrennen?«

»Wenn du mich anrührst, ich stoß zu, da kannst Gift drauf nehmen!«

»Auf das Vergnügen verzicht ich lieber. Und in sowas bin ich einmal vernarrt gewesen! Aber ... längst vorbei. Es liegt mir nichts mehr an dir. Und an der andern auch nicht. Wie ich mir die Hopfenstang einmal hab einbilden können, versteh ich heut nicht mehr. Vielleicht war es bloß der Neid auf den Robert. Ja, so wird's gewesen sein.«

Er klatscht mit der flachen Hand auf den Tisch und geht aus dem Haus.

Die Bärbel stellt in der Küche Kaffeewasser auf und schneidet ein paar Stücke von dem Streuselkuchen herunter.

Da schaut jemand durchs Küchenfenster und winkt herein.

»Ach, du bist es, Linde! Komm herein!«

»Wenn es geht, Bärbel, ich möcht gern in der Sonne sitzen.«

Die Bärbel bringt für den Steffl und die Burgl den Kaffee zum Zuhäusl hinüber, wo die beiden einträchtig auf der Südseite in der Sonne sitzen. Dann deckt sie herüben den Tisch vor dem Haus.

»Du magst doch Streuselkuchen, Linde?«, fragt sie.

»Danke, Bärbel.«

Linde lehnt den Kopf an die Hauswand, als sei sie müde von der kurzen Wanderung. Eine ›Hopfenstange‹, wie Christoph sie betitelt hat, ist sie weiß Gott nicht, sie ist nicht dünner als früher, und einmal ist ja Christoph in ihre Schlankheit vernarrt gewesen.

Die Bärbel schenkt Kaffee ein und fordert Linde auf, zuzugreifen. Sie reden über dies und jenes, und doch bleibt eine Frage in der Luft hängen.

»Jetzt musst du aber einmal zu mir ins Sanatorium kommen, damit ich dich auch bewirten kann«, meint Linde. »Sagen wir gleich am nächsten Sonntag. In letzter Zeit frage ich mich oft, warum wir so auseinander gekommen sind. Als Kinder waren wir doch immer zusammen.«

»Ja, als Kinder«, seufzt Bärbel, und dann rutscht ihr ungewollt noch heraus: »Als wir mit dem Robert im Wald gespielt haben.«

»Wie oft haben wir uns aus Stöcken und Zweigen ein Lager gebaut«, erinnert sich Linde. »Und jetzt weiß ich gar nichts mehr von Robert.«

Nun ist der Name gefallen. Beide Mädchen sinnen ihm eine Weile nach.

»Eine Zeit lang war ich sogar auf dich eifersüchtig, Bärbel, weil ich geglaubt habe, dem Robert bedeutest du mehr als ich.«

»Nein, du hast ihm immer schon mehr gegolten. Aus mir hat er sich nie etwas gemacht.« Bärbel sagt es mit einem so bitteren Unterton, dass die andere aufhorcht.

»Willst du damit sagen, dass ...«

Die Bärbel nickt. »Ich hab ihn gern gehabt. Aber das hätte die Mutter nicht gelitten, und außerdem hat der Robert ja dann bloß mehr Augen für dich gehabt.«

»Und jetzt schweigt er sich aus.«

Linde streicht sich ein paar Härchen von der Stirn. »Du darfst mir glauben, Bärbel, wenn ich nur eine leise Ahnung gehabt hätte, ich hätte ihn dir nicht weggenommen.«

»Du hast mir nichts weggenommen. Du passt ja auch viel besser zu ihm als ich. Aber wollen wir nicht lieber von was anderem reden, Linde? Du schaust in letzter Zeit immer so blass aus. Wie geht es dir denn?«

»Ich bin nicht krank, nur ein bisschen überarbeitet. Demnächst werde ich Ferien machen. Papa und Ludwig wollen, dass ich ausspanne und nach Italien fahre. Zuerst hab ich mich gesträubt dagegen, aber jetzt sehe ich ein, dass es wohl das Beste ist. Weg von hier, wo alles so voller Erinnerungen ist.«

Ein paar Zitronenfalter gaukeln verliebt um die Geranienstöcke und von den Weiden herüber klingt sanft das Bimmeln der Kuhglocken.

»Ich weiß nicht«, sagt Bärbel in die Stille hinein, »ob man den Erinnerungen entfliehen kann, ob sie einen nicht überallhin begleiten.«

»Mag sein. Ich will es jedenfalls versuchen. Im übrigen kann ich einfach nicht glauben, dass Robert alles vergessen hat. Aber reden wir jetzt wirklich nicht mehr davon. Ich hätte mir auch nie träumen lassen, dass Robert dir mehr gilt als ein Bruder. Und ich glaube, du hättest auch nie etwas davon gesagt, wenn wir heute nicht zufällig darauf gekommen wären.«

»Lieber hätte ich mir die Zunge abgebissen.«

Sie begleitet Linde ein gutes Stück auf ihrem Heimweg.

9

In einer mondhellen Sommernacht wird die Tannhoferin jäh aus ihrer Hoffnung gerissen, es könnte jetzt nichts mehr kommen, was sie aus der mühsam gewonnenen Ruhe brächte.

Sie kramt in ihrer Schmuckschatulle, putzt ein paar Silbersachen blank und betrachtet den Goldschmuck mit leiser Wehmut, weil sie doch so selten Gelegenheit gehabt hat, ihn an der Seite ihres Mannes zu tragen. ›Das werd ich einmal der Bärbel vermachen‹, hat sie schon längst beschlossen. Sie sperrt die Schatulle wieder in den Wandschrank, steckt den Schlüssel in die Schürzentasche und will sich gerade anschicken, noch einmal in den Stall zu schauen.

Da schlägt eine Faust ungestüm ans Fenster, und eine Stimme keucht: »Aufmachen, Mutter! Schnell!«

Die Tannhoferin schrickt zusammen, eilt hinaus und öffnet den Riegel an der Haustür. Ein Schrei entfährt ihr, aber blitzschnell presst sich eine Hand auf ihren Mund.

»Schrei nicht! Der Jäger ist hinter mir!«

Schweißgebadet, abgerissen, das Gesicht voller Ruß, schließt Christoph leise die Tür hinter sich. Dann drückt er der Mutter das Gewehr in die Hand und raunt ihr zu: »Versteck es in deinem Bett! Dort sucht er nicht! Da, nimm meinen Rock auch mit! So mach doch! Er muss jeden Augenblick kommen.«

Dann springt Christoph die Stiege hinauf in seine Kammer. Die Bäuerin steht wie erstarrt da, betäubt von der Erkenntnis, dass Christoph doch wieder in die Irre gegangen ist, obwohl sie gedroht hat, ihn nicht mehr zu decken. Aber dann sieht sie ihn wieder vor sich als kleinen Buben, wie er mit seinen ersten Schritten über den Hof tippelt, wie sie ihn lieb gehabt hat, und sie sagt sich, dass er trotz allem ihr Bub ist.

Da kommt plötzlich Leben in sie. Mit ein paar Schritten ist sie in ihrer Schlafkammer, versteckt die Sachen hastig in ihrem Bett, streicht die Decke glatt und geht in den Stall. Sie schlendert den Futtergang entlang, krault ein paar Kälbern zwischen den Hörnern und schaut in den Fohlenstand hinein, äußerlich so ruhig und gelassen wie jeden Abend, obwohl sie weiß, dass sie durch das Stallfenster beobachtet wird.

Dann klopft es auch schon ans Fenster.

»Ja?«, fragt die Tannhoferin, sich zur Ruhe zwingend. »Was ist?«

»Aufmachen!«, fordert die Stimme draußen.

Zögernd geht sie zur Tür, öffnet dann aber doch lieber das Fenster.

Der Jäger Markus Windstetter streckt den Kopf herein, ist atemlos und schweißbedeckt.

»Ach, du bist es«, sagt die Tannhoferin langsam. »Was gibt's?«

»Ist der Christoph daheim?«

»Der Christoph? Der ist vor einer guten Stunde ins Bett gegangen. Warum, was ist mit ihm?«

»Der Christoph wildert, Tannhoferin. Ich hab ihn im Verdacht, dass er heut im Wald war. Leider ist er mir entkommen«, keucht der Jäger. »Ein andermal werd ich schneller sein und nimmer lang fackeln! Nichts für ungut, Tannhoferin!«

Der Schatten verschwindet in der Nacht. Christoph steht in seiner Kammer hinter dem Fenster und horcht auf Schritte, die sich langsam entfernen. Er atmet auf, setzt sich auf den Bettrand und schnürt die Schuhe auf, stößt sie unwillig unter das Bett, lässt seine Zehen spielen und flucht leise vor sich hin. So lange hat er sich zurückhalten können. Nun hat es ihn doch wieder übermannt. Und er weiß, es wird ihn immer wieder überkommen.

Dieser verfluchte Windstetter! Beinahe wäre alles schiefgegangen. Kaum ist das Feuer aus seiner Büchse aufgeblitzt, hat der andere schon gebrüllt: »Die Händ hoch, oder es kracht!«

Mit knapper Not ist er dem Jäger entkommen. Aber lange hätte diese wilde Hetzjagd nicht mehr dauern dürfen. Nur weil er Weg und Steg besser kennt als der Jäger, ist ihm die Flucht gelungen.

Das wird morgen eine unangenehme Stunde mit der Mutter werden! Er wird es ihr wieder versprechen und doch nicht halten. Wie ein Rausch erfasst es ihn jedes Mal, und wenn er den Büchsenlauf in den Fäusten spürt, ist er ein anderer Mensch, wach in allen Sinnen, wild und verwegen.

Die Gewissensbisse, die er jetzt empfindet, gehen ihm kaum unter die Haut, wenig später schläft er bereits.

Als er am anderen Morgen herunterkommt, ist die Mutter bereits weggegangen zur Frühmesse. Er geht in den Stall, hilft übereifrig bei der Arbeit. Hernach steht er in der Stube und rasiert sich, als die Mutter von der Frühmesse heimkommt.

Wortlos nimmt sie den Bänderhut ab, legt das Gebetbuch auf den Schrank und geht an Christoph vorbei in die Kammer hinaus.

Christoph ist es unbehaglich zumute, denn auf irgendetwas hat er gewartet, am besten auf einen leidenschaftlichen Ausbruch ihres Zorns. Das wäre ihm lieber gewesen als dieses unheilvolle Schweigen. ›Worauf will sie denn diesmal hinaus‹, grübelt er, während er sich den Seifenschaum vom Gesicht wischt. Da kommt die Mutter wieder herein, hängt einen Schal über die Ofenstange, geht zum Tisch, breitet eine neue Decke darüber und nimmt ein paar Löffel aus der Schublade. Die Stille im Raum ist drückend.

Christoph hält es nicht mehr aus und murrt unwillig: »So red doch endlich!«

Die Tannhoferin schaut ihn an, von oben bis unten. »Da gibt es nicht viel zu reden. Du musst heiraten!«

Wie elektrisiert fährt Christoph hoch.

»Heiraten? Wen denn? Dem Geißpeterl seine Großmutter vielleicht?«

»Red nicht so dumm daher! Mir ist es völlig Ernst!«

»Ach so? Ja, wenn es dir Ernst ist. Willst du dich denn schon zur Ruh setzen?«

»Nein!« Ihre Stimme ist laut und klar. »Nein, ich arbeite weiter, wie ich immer gearbeitet hab von der Stund an, in der ich da hereingeheiratet hab. Für euch Buben hab ich gearbeitet, dass etwas Rechtes aus euch werden sollt. Der eine ist mir schon verlorengegangen. Und du hast heut Nacht bloß Glück gehabt, dass ich dich nicht auch verloren hab. Einmal hab ich gesagt, dass ich nicht mehr für dich lüg. Und doch hab ich es wieder getan, habe es tun müssen, weil du doch auch mein Sohn bist, den ich nicht ins Gefängnis wandern sehen will.«

Sie schaut zum Fenster hinaus, wo der Steffl gerade die Milchkübel auf ein Wägelchen lädt, um sie zur Straße hinunterzufahren.

Christoph hat sich ganz still auf die Ofenbank gesetzt.

»Ich sag es dir also noch einmal«, fährt die Tannhoferin fort, »du musst heiraten. Vielleicht ist das die Rettung für dich. Eine junge Frau hat vielleicht die Kraft, dich zu halten und zu bewahren vor einem Leben, das dich sonst noch dahinbringt, wo noch kein Tannhofer etwas zu tun gehabt hat. Dass der andere mich und seine Heimat vergessen hat, das hat weh getan, weher, als ihr es jemals begreifen werdet. Aber dass du fortgehst zum Stehlen – Hör auf! Ich will nichts hören von Leidenschaften, die im Blut liegen, und was sonst noch immer herhalten muss für so traurige Sachen! Such dir also eine von unserm Schlag. Ein Tannhofer kann überall anklopfen. Wenn sie auch wenig mitbringt, darauf brauchen wir nicht zu schauen. Die Hauptsache ist, dass sie einen anderen Menschen aus dir macht. Ich hab nimmer die Kraft dazu.«

Christoph starrt vor sich hin. Dann blitzt es in seinen Augen schon wieder unternehmungslustig auf.

»Na ja, müsst es halt einmal versuchen. Vielleicht find ich eine, die es aufnimmt mit mir. Ich hab mir eigentlich in letzter Zeit gar nimmer viel gemacht aus den Mädeln. Das andere war mir wichtiger. Wie ein Feuer hat das in mir gebrannt, und wenn ich den Stutzen in der Hand gehabt hab, dann hab ich alles andere vergessen.« Er schaut sie auf einmal fast ängstlich an. »Wo hast ihn denn versteckt, meinen Stutzen?«

»Die Morgensuppe hab ich gekocht mit dem, was Holz an ihm gewesen ist. Das Eisenzeug hab ich im Misthaufen vergraben.«

Christoph tritt vor den Spiegel und kämmt sich.

»Denken hätt ich es mir ja können, dass du gut aufräumst. Schad drum, es war ein verteufelt gutes Büchsl. Aber was hin ist, ist hin. Da kann man nichts machen. Wie schaut es jetzt aus mit der Morgensupp'n?«

Sonntags gibt es auf dem Tannhof Bohnenkaffee. Christoph entwickelt einen Appetit, als hätte er das friedlichste Gemüt der Welt, und als wäre es nicht vor wenigen Stunden Spitz auf Knopf um ihn gestanden. Wie leicht könnte sein Platz am Tisch jetzt leer sein. Aber er ist eben nicht leer, Christoph sitzt da und lässt es sich schmecken.

Überraschenderweise kommt Robert an einem späten Abend zu Besuch. Es ist mitten in der Erntezeit, die Tannhofleute sind müde von der schweren Arbeit. Aber wie verwandelt sind sie, als Robert in den Hof fährt, in einem Wagen, der sich sehen lassen kann.

»Gehört der dir?«, fragt Christoph gleich und beginnt ihn zu mustern.

»Du kannst ihn morgen einmal probieren, wenn du willst«, sagt Robert und lässt sich in der Stube auf die Bank fallen. Er ist ein wenig abgespannt von der Fahrt, die so schnell gewesen ist wie sein Entschluss, herzufahren.

Die Tannhoferin sagt nicht viel, schaut ihn nur immerzu an. Er trägt einen hellen Anzug mit gemusterter Krawatte. Die Manschettenknöpfe sind aus Gold, das sieht sie sofort.

»Dass du gekommen bist«, sagt sie nun schon zum zweiten Mal, »warum, Robert, so unverhofft?«

»Heimweh«, antwortet er, und dieses Wort fällt wie eine Sternschnuppe in ihr Herz.

»Hast du Hunger, Bub?«

Aber noch bevor er antworten kann, kommt die Bärbel bereits mit einem Tablett herein, auf dem Butter, Rauchfleisch, Brot und Käse liegen. Die Tannhoferin sieht die leuchtenden Augen der Bärbel und sieht ihre Gesten, die voller Zuneigung und Liebe sind. ›Armes Kindl‹, muss sie denken.

Robert spricht nicht viel. Sein Gesicht ist ernst und verschlossen. Aber er hat Heimweh gehabt. Dieses Wort ist in der Tannhoferin hängen geblieben, und sie hofft, dass er länger bleiben wird.

»Du schläfst in der guten Kammer«, sagt sie, und Robert willigt sofort ein. Nicht weil er die Kammer mit dem Bruder nicht mehr teilen will, sondern weil er allein sein will mit seinen Gedanken.

»Morgen erzählst du mir dann, wie es dir geht in der Stadt«, meint die Mutter.

»Dem Wagen nach nicht schlecht«, fällt Christoph gleich ein. »Der kostet seine Zehntausend, soviel ich weiß.«

»Ja, so was«, antwortet Robert.

»Der unsere ist eine lahme Ente dagegen.«

Die Bärbel sitzt da, hat den Kopf in beide Hände gestützt und schaut Robert geradewegs ins Gesicht. Einmal verweilt auch sein Blick länger auf ihr. Dann lächelt er und sagt: »Du bist hübsch geworden, Bärbel.«

Er sieht das Rot, das ihr ins Gesicht steigt, und deutet es sogar richtig, denn er kennt sich jetzt mit Frauen weit besser aus als früher. ›Das ist doch Zärtlichkeit und Liebe‹, denkt er, ›was da aus den Augen des Mädels leuchtet.‹

Es wird dann doch noch eine Stunde langen Erzählens. Die Tannhoferin hat einen guten Rotwein aufgetischt und Robert lässt die Lauschenden mitgehen durch die Straßen der großen Stadt, durch die Räume der Akademie, zeichnet leuchtende Bilder auf, beschreibt seine Arbeitskollegen und Professoren, seine Wohnung und sein Atelier. Am Schluss trinkt er erschöpft sein Glas aus, blickt in die Runde und meint: »Wollen wir nicht schlafen gehen?«

Am nächsten Morgen fährt er zunächst nach Kirchzell hinunter zur Post und ruft im Sanatorium an.

Linde ist am Apparat und meint, ihr Herz bliebe stehen, als die Stimme am anderen Ende des Drahtes fragt: »Kann ich bitte Fräulein Linde Burgstaller sprechen? Hier ist Robert Meißner!«

Für ein paar Sekunden bleibt es still, bis Linde sagen kann: »Selbst am Apparat. Bist du es wirklich, Robert?«

»Ja, Linde. Gestern Abend bin ich gekommen und – wann hast du Zeit? Ich muss dich unbedingt sprechen.«

Er hört, wie Linde tief durchatmet.

»Unbedingt, ja, das Gefühl hab ich auch, Robert, dass wir uns endlich und unbedingt sprechen müssen.«

»Soll ich ins Sanatorium kommen?«

»Nein. Ich warte um zwei Uhr, wenn es dir recht ist, bei der alten Jagdhütte.«

Einen Augenblick überlegt Robert, dann sagt er zu.

»Also gut, bis um zwei. Bis dahin, tschüß!« Er hängt ein.

Linde behält den Hörer noch eine Weile in der Hand und sagt bei sich: ›Tschüß? Wo hat er denn das her? Warum sagt er nicht: Auf Wiedersehen? Oder: Ich freue mich.‹ Sie wundert sich, dass sie nicht aufgeregter ist. Sie erledigt ihre Pflichten im Büro, dann zieht sie den weißen Mantel an und schaut in ein paar Krankenzimmer hinein, vor allem bei der kleinen Angela, die ihr besonders ans Herz gewachsen ist, und die vor drei Monaten schwer krank im Sanatorium aufgenommen worden ist.

Auf dem Weg zum zweiten Stockwerk begegnet ihr Ludwig. In seinem hoch geschlossenen weißen Arztkittel wirkt der Bruder immer so streng und verschlossen.

»Ich gehe heute Nachmittag auf ein paar Stunden weg«, sagt Linde im Vorbeigehen.

»Du kannst meinen Wagen nehmen, Linde.«

»Nein, ich gehe zu Fuß. Ich treffe mich mit Robert.«

Sie sieht sein verblüfftes Gesicht nicht mehr und ist schon hinter einer weiß lackierten Tür verschwunden.

Erst gegen Mittag denkt sie darüber nach, was sie anziehen soll. Das blaue Kleid hat ihm immer so gefallen. »Himmelschlüsselkleid« hat er es genannt. Aber dem ist sie längst entwachsen, und sie wählt schließlich, um bei Blau zu bleiben, ein weißes Sommerkleid mit blauen Kornblumen.

Linde erinnert sich, dass er stets sehr pünktlich gewesen ist, und beschleunigt ihre Schritte. Punkt zwei Uhr ist sie vor der alten Hütte.

Robert ist nicht da.

Er kommt erst zehn Minuten später. Was da zwischen den Bäumen auftaucht in dem maßgeschneiderten Sommeranzug, ist ein feiner, gepflegter Herr, der mit einem höflichen Lächeln auf das Mädchen zugeht, ihr die Hand reicht und sich wegen des Zuspätkommens entschuldigt. Eine belanglose Ausrede. Dann betrachtet er sie doch mit einigem Staunen. »Bist du denn noch gewachsen? Du siehst wie eine Dame aus! Bloß ein bisschen blass, Linde. Bei dieser Luft eigentlich verwunderlich. Wollen wir Platz nehmen?«

Sein ganzes Gehabe ist nichts als Verlegenheit. Er möchte so gerne über den Dingen stehen und merkt nicht, wie mit jedem Wort die Situation peinlicher wird. Linde erfasst das sofort und ist entschlossen, ihm entgegenzukommen. »Na?«, beginnt sie. »Wie fühlst du dich denn nach so langer Zeit in der Heimat?«

»Es geht. Ich kann ja auch nicht lange bleiben.«

»Musst du denn deinem Erfolg nachlaufen, Robert?«

»Das gerade nicht, aber ich möchte – ich habe mit dir zu reden, Linde.«

Ein leiser Wind schaukelt die Tannenwipfel wie im Spiel und durch die Lücken sieht man zuweilen eine weiße Wolke wandern.

»War mein Brief dazu der Anlass?«, fragt Linde dann.

»Dein Brief – ja, gewissermaßen. Es ist nämlich so, Linde, wir waren doch immer grundehrlich zueinander.«

»Sehr lange Jahre, ja. In letzter Zeit bin ich mir da allerdings nicht mehr so sicher. Das hat aber an meiner Liebe zu dir nichts geändert.«

»Das – habe ich – aus deinem Brief entnommen«, antwortet er und denkt: ›Wenn sie mir doch wenigstens Vorwürfe machen würde!‹

Statt dessen sagt sie jetzt mit einem Lächeln, das ihm das Herz zerreißen möchte: »Weißt du, lieber Robert, dein Schweigen hat mir schon manchmal zu schaffen gemacht. Ich hab es nicht verstehen können. Ich hab von deinen Erfolgen gehört und hab mich nicht mit dir gemeinsam darüber freuen dürfen. Das Beschämendste für mich aber war, dass ich nach deiner Adresse erst fragen musste, sonst hätte ich dir nicht einmal gratulieren können.« Sie schaut zu den Baumwipfeln auf, sieht, wie ein Tannenzapfen sich löst und leise raschelnd durch die Zweige niederfällt. Und ohne den Blick zu senken, fragt sie: »Spielt eine andere Frau eine Rolle in deinem Leben?«

Robert möchte am liebsten in den Boden versinken, aber jetzt kann er nicht mehr ausweichen.

»Ja, Linde.«

Er sieht, wie sich ihre Hände im Schoß verkrampfen. Dann wendet sie sich ihm zu. »Ist es die Frau, die damals in Kirchzell beim Trachtenfest war?«

»Woher weißt du das? Wer hat dir das gesagt?«

»Niemand. So etwas fühlt man, Robert. Eine sehr schöne Frau. Gescheit, modern. Aber ist sie nicht älter als du?«

»Um drei Jahre, ja. Aber – sie ist mehr Mädchen als Frau.«

»Komm, Robert! Mit solchen Phrasen verschone mich bitte. Das passt nicht zu dir. Die Frage ist ja nur die, ob du dich aus dieser Verzauberung wieder lösen kannst.«

»Das hab ich nicht im Sinn. Wenn ich es dir nur erklären könnte, Linde.«

»Du brauchst mir nicht viel zu erklären. Ich habe die ganze Zeit versucht, dich zu verstehen. Tief drinnen weiß ich es schon lange, aber ich habe mich bis jetzt dagegen gewehrt, es zu glauben.« Sie lächelt schmerzlich. »Weißt du noch, Robert, was ich einmal gesagt habe – genau hier auf dieser Bank war es, vor Jahren? Wir wollen nie traurig sein, aber ich, ich werde es doch sein, wenn nach mir eine kommen sollte. Da hast du mir schnell die Hand auf den Mund gelegt und gesagt, ich soll das nicht aussprechen. Ja, und nun ist es doch so. Du hast unsere Jugendliebe verraten, Robert. Nein, das ist vielleicht ein zu harter Ausdruck, denn ich glaube, ich habe dich an einen wertvollen Menschen verloren. Ich bin sogar überzeugt, Robert, wenn du ihr gesagt hättest, wie du zu mir stehst, dass sie die Hände von dir gelassen hätte. Aber das wirst du nicht getan haben.«

Es schüttelt den Kopf. Ihre Haltung ist ihm unfasslich. Er hat mit Tränen gerechnet, vielleicht mit einem nervlichen Zusammenbruch. Dass das nicht eingetreten ist, lässt ihn tief aufatmen.

»Damit hast du Recht: Hilde ist ein wertvoller Mensch.«

»Das könnte es mir leichter machen, denn es hätte immerhin sein können, dass du in schlechte Gesellschaft geraten und in der Gosse gelandet wärst.«

»Nein, das auf gar keinen Fall! Das hätte dein Bild in mir schon gar nicht zugelassen. Und du musst auch nicht glauben, Linde, dass ich nicht ehrlich mit mir gekämpft habe. Aber das andere war halt stärker.«

Linde lacht laut auf. »Genauso kann man es in Romanen lesen.«

»Es ist mir so schrecklich, Linde.«

»Warum denn? Immerhin hast du den Mut gefunden, mir endlich die Wahrheit zu bekennen. Und somit hätten wir uns eigentlich alles gesagt!«

Ihre Stimme gerät ins Schwanken. Aber sie beherrscht sich, lächelt mit zuckenden Lippen, den Blick starr geradeaus gerichtet. »Wir wollen Abschied nehmen voneinander, Robert, wie zwei Menschen, die mit ihrer Liebe einmal einen Himmel voller Seligkeit gehabt haben. Sag aber bloß nicht Tschüß jetzt. Sag Servus, Auf Wiedersehen oder B'hüt dich Gott! Nur nicht Tschüß.«

Da ist es um ihn geschehen. Mit einem Seufzer reißt er sie in seine Arme. »Linde, Linde, mach es mir doch nicht so schwer!«

Linde macht sich jedoch schnell wieder von ihm los und steht auf. »Ich kann es dir nicht leichter machen, als du es mir. Ich wünsche dir auf deinem Weg alles Glück, Robert. Denk manchmal daran, dass ich dich angespornt hab, diesen Weg zu gehen.«

»Das werde ich dir nie vergessen, Linde.«

Langsam küsst sie ihn auf die Stirn. Im nächsten Augenblick geht sie schnell davon.

Wie versteinert sitzt er da und fühlt ein Würgen in der Kehle. Er ruft ihren Namen. Aber sie wendet sich nicht mehr um. Sie geht so lange aufrecht, bis sie weiß, dass er sie nicht mehr sehen kann. Dann sinkt sie ins Moos und weint bitterlich.

»Um Gottes willen, wie sehen denn Sie aus, Fräulein Linde!«, erschrickt die Oberschwester, als Linde ihr in der Halle begegnet.

»Ach nichts! Es ist schon wieder vorbei. Wissen Sie, wo mein Vater ist? Ich sah seinen Wagen auf dem Parkplatz.«

»Ich glaube, im Büro.«

Linde tritt ein.

Der Vater sitzt am Schreibtisch und öffnet die Post.

»Ach, du bist es, Linde? Aber wie schaust denn du aus, Mädl?«

Linde geht wortlos ans Fenster.

»Ich habe mich soeben mit Robert getroffen.«

»Ah, hat er sich doch endlich einmal bequemt, heimzukommen?«

»Papa – es ist aus.«

›Das war uns doch allen schon längst klar‹, hätte der alte Burgstaller am liebsten gesagt, aber er schluckt es runter, steht auf und nimmt seine Tochter in den Arm.

Ihre Tränen machen einen nassen Fleck auf seinem weißen Mantel.

»Und nächste Woche, da fährst du ganz schön in den Urlaub«, sagt er und streicht ihr übers Haar.

Linde geht zum Waschbecken und hält ihr Gesicht unters kalte Wasser. Dann schlüpft sie in ihren weißen Kittel und geht ins obere Stockwerk.

10

Es war wieder soweit, der Herbst war am kommen. Auf den Fluren glänzen die gepflügten Äcker, in der Dämmerung sieht man da und dort Kartoffelfeuer brennen, und in den Bauerngärten fallen die reifen Äpfel klatschend ins Gras.

Eines Abends, als der Tannhofer Christoph mit einem Fuder Streu von der Moorwiesen heimkommt, sagt ihm die Mutter, dass Post gekommen sei. In einem kleinen Dorf in der Nähe des Chiemsees sei die Base Lohrainer gestorben.

»Wie sind wir denn mit den Lohrainern eigentlich verwandt?«, will Christoph wissen.

Die Tannhoferin muss selbst erst nachdenken. Bauernsippen sind oft so verzwickt und über so viele Ecken verwandt, dass die Beschäftigung damit schon eine kleine Wissenschaft ist.

»Die Verstorbene war eine Kusine von deinem Großvater.«

»Muss man da denn hinfahren? Ich mein, das ist doch eine sehr entfernte Verwandtschaft. Den Tag kannst dir sparen, Mutter, wo du sowieso allweil über dein Herz jammerst.«

»Ich fahr ja auch nicht, du musst hinfahren. Langsam musst dich dran gewöhnen, dass du den Tannhof vertrittst bei solchen Sachen.«

Christoph hat keine große Lust auf eine Beerdigung. Eine Hochzeit wäre ihm lieber.

»Wo liegt das Nest denn eigentlich?«

»Das weiß ich nicht genau. Musst es halt auf der Landkarte suchen.«

Das tut er auch gleich. Und hernach richtet er den Wagen her, wäscht den Dreck ab, bürstet die Polster ein wenig und schaut nach dem Benzin.

Am andern Morgen um sieben Uhr bricht er auf.

In dem schwarzen Anzug und dem weißen Hemd sieht er recht stattlich aus, der Christoph.

»Trink beim Leichenschmaus nicht zu viel«, sagt die Mutter noch, bevor er wegfährt, steckt ihm etwas Geld zu und schaut dem Wagen nach, wie er langsam das Sträßlein hinunterfährt und erst Tempo aufnimmt, als er die breite Straße erreicht hat. Was es hinter Kirchzell für ein Tempo wird, das weiß die Tannhoferin, die jedes Mal Angst hat, wenn sie mit Christoph mitfährt.

Es ist wirklich ein kleines Dorf ohne eigene Pfarrei. Der Geistliche kommt aus einem Nachbarort. In der Kirche haben die vielen Menschen kaum Platz, so groß ist die Verwandtschaft.

Christoph lässt die Augen umherschweifen und sieht ein groß gewachsenes Mädchen, das ihr Opfergeld in das aufgestellte Körbchen wirft und dann vom Altar zurückkommt. Jetzt kann er ihr Gesicht genau betrachten. Es ist breitflächig, braun gebrannt, aber nicht unschön. Um die eine Hand hat sie einen Rosenkranz gewickelt, die andere liegt angewinkelt unter der Brust. Ihr Schritt ist weit ausgreifend, so, als ob sie über ein Feld ginge. Unter der Krempe ihres Trachtenhutes dessen Bänder auf der Rückseite fast bis zur Taille hinunterreichen, schimmert ein Lockenkopf hervor, dessen Farbe im Zwielicht des Kirchenschiffes nicht recht zu erkennen ist. ›Aber Rot darf es nicht sein‹, denkt Christoph schnell. Vor

Rothaarigen hat er Respekt, ›weil die so herrschsüchtig sind. Immerhin könnte ja auch eine Ausnahme die Regel bestätigen.‹

Er nimmt sich vor, sie hernach genauer anzuschauen und bringt es dann auch ohne Schwierigkeiten fertig, im Nebenzimmer des Gasthauses an ihre Seite zu kommen.

Es gibt Weißwürste und frische Brezeln, und Christoph hat gleich seinen Gesprächsstoff: »Ein bissl viel Wasser hat er reingebracht in die Würst. Dafür sind die Brezeln recht resch.«

Darauf sagt das Mädchen mit tiefer Stimme: »Einem geschenkten Gaul schaut man nicht ins Maul.«

»Da hast Recht«, lacht Christoph und freut sich über die prompte Antwort.

»Ich war schon auf Beerdigungen, da hat es gar nichts gegeben.«

»Hier, hab ich gehört, soll es mittags Kalbsbraten geben«, versucht Christoph das Gespräch fortzusetzen.

»Du bist ganz gut informiert! Darf man fragen, woher du kommst? Gesehen hab ich dich hier noch nie.«

»Fragen darfst schon, aber ob ich dir Antwort geb?«, grinst er.

»Du bist jedenfalls vom Tannhofer, gell? Weiß bloß nicht welcher.«

»Der Bessere«, antwortet Christoph schlagfertig und nimmt einen kräftigen Schluck von seinem Bier.

»Selbstlob stinkt«, sagt das Mädchen. »Aber damit du nicht lang raten brauchst, ich bin vom Gödl in Penting.«

»Vom Gödl in Penting? Wo liegt denn das?«

»Zwei Stunden von Kirchzell weg. Deine Mutter hat schon einmal Saatkartoffel bei uns gekauft.«

»Das muss aber schon recht lang her sein.«

»Ja, ich war noch klein, aber erinnern kann ich mich noch, weil mein Vater gesagt hat: ›So eine tüchtige Frau wie die Tannhoferin müsstest du einmal werden.‹«

›Das läuft ja wunderbar‹, denkt Christoph und nimmt sich vor, in der nächsten Minute zu wissen, wie sie mit Vornamen heißt. Ihr Haar ist übrigens nicht rot, sondern dunkelblond. Sie hat den Hut abgenommen, und im Licht, das zum Fenster hereinfällt, schimmert ihre geflochtene Haarkrone wie altes Gold.

Christoph hebt sein Krügl und setzt ein gewinnendes Lächeln auf.

»Prost, Elisabeth!«

»Wie kommst denn auf Elisabeth? Ich heiß doch Martha!«

»Und ich heiß Christoph. Prost, Martha! Mit dir trink ich am liebsten.«

Sie nimmt auch einen kräftigen Zug und lacht ihm herzlich zu. Sie hat herrliche weiße Zähne.

»Ich mein, du bist ein bissl ein Sprüchemacher, gell?«

»Ich? Aber Martha, wie kannst denn so was von mir denken! Ehrlich, du gefällst mir.«

Der fröhliche Diskurs wäre so vermutlich noch eine Weile weitergegangen, wenn nicht vom Nebentisch die Kirchlechnerin von Haid herübergerufen hätte: »Wie geht's deiner Mutter mit dem Herz, Christoph?«

»Manchmal, besonders wenn wir Föhn haben, jammert sie schon recht«, antwortet Christoph.

»Ja mei, sie wird halt auch ihre Sorgen haben. Der Robert hätt halt nicht in die Stadt gehen sollen.«

»Da kann man nichts machen«, meint Christoph und dreht sich wieder um, weil er die Kirchlechnerin kennt. Wenn die einmal anfängt, hört sie nicht so schnell auf und versucht dann meistens, eine ihrer drei Töchter an den Mann zu bringen. Aber die Kirchlechnerin lässt nicht locker und fragt: »Bist mit dem Wagen da?«

Christoph zieht die Oberlippe hoch, weil er schon weiß, was jetzt kommt. Er nickt nur.

»Dann könntest mich leicht mitnehmen. Der Omnibus geht erst um fünf.«

»Recht gern, Kirchlechnerin, aber ich muss noch nach Prien fahren, für die Mutter was holen, eine Medizin fürs Herz, weißt.«

»Ah so«, brummt die Kirchlechnerin. »Mit dir ist's auch nichts.«

»Die hab ich los«, flüstert Christoph und rückt ein wenig näher an die Martha heran. »Wie wär's? Fahren wir zwei nach dem Essen ein bissl an den Chiemsee?«

»Ich hab gemeint, du musst sowieso nach Prien?«

»Ah, woher denn! Aber es liegt auf unserem Weg, wenn wir auf die Fraueninsel rüberfahrn täten. Der Tag ist sowieso schon verpatzt. Zum Arbeiten bleibt heut nichts mehr übrig.«

»Mir ist es gleich«, meint das Mädchen und reckt den Kopf. »Da kommt der Kalbsbraten!«

Nach dem Mittagessen fahren die beiden dann nach Gstadt und von dort auf die Fraueninsel hinüber.

»Aber in die Kirch möcht ich auch hineinschaun«, sagt Martha.

»Selbstverständlich«, antwortet Christoph eilfertig, obwohl er bei einer anderen vielleicht gesagt hätte: ›Was wollen wir denn in der Kirch? Wir waren ja heut schon lang genug in einer.‹

»Die selige Irmingard hat mir schon ein paar Mal geholfen in einer Not«, erzählt Martha.

›Vielleicht hilft sie mir ja auch‹, denkt sich der Christoph, und es ist ihm eigentlich recht andächtig zumute, als er neben dem Mädchen in der Kirchenbank kniet.

Hernach führt er sie ins Klostercafé.

Sie trinken Kaffee, plaudern und lachen, als kennten sie sich schon lange. Beim Gehen nimmt Christoph ein Fläschchen Klosterlikör mit.

»Für die Mutter, weißt«, erklärt er.

Bis zur Abfahrt des nächsten Schiffes nach Gstadt haben sie noch ein bisschen Zeit. Christoph nimmt Marthas Arm, zieht ihn unter den seinen, als sei das ganz selbstverständlich. So wandern sie an den Häusern vorbei. Blumen über Blumen vor den Fenstern, Stille und Friedsamkeit auf der ganzen Insel.

Martha lässt sich gern von ihm führen. Einundzwanzig Jahre ist sie im Sommer alt geworden, und bisher hat ihr noch kein Mann auf solche Weise den Hof gemacht.

»Das ist mir aber gar nicht recht«, sagt sie auf einmal, »dass du den Kaffee bezahlt hast. Ich hätt schon selber auch ein Geld gehabt.«

»Das glaub ich dir, aber ich hab dich doch eingeladen.«

»Ja, und ich dank dir auch schön, Christoph.« Zum ersten Mal hat sie ihn beim Namen genannt.

Er drückt ihren Arm und sagt gerade heraus:

»Es wird schon recht werden mit uns zwei. Die Mutter hat erst kürzlich gesagt, ich müsst heiraten.«

Martha staunt nicht schlecht.

Und auch Christoph ist plötzlich über sich selbst überrascht. Das hat er bisher noch zu keiner gesagt. So deutlich hat er noch nie mit dem Heiratsfähnchen gewinkt. Es ist ihm ganz eigenartig zumute, er weiß selber nicht, aber dieses Mädchen übt eine sonderbare Macht auf ihn aus.

Martha schaut ihn an und lacht. »So ist mir noch keiner gekommen.«

Schweigend steigen sie auf das Schiff.

»Ich kann dich natürlich gern nach Hause fahren«, erbietet sich Christoph, und Martha lässt es sich gern gefallen.

Sie hat noch nicht viel Erfahrung mit Männern, aber irgendwie imponiert ihr dieser Tannhofer.

Christoph fährt wider seine Gewohnheit recht langsam, obwohl sie noch eine weite Strecke haben. Aber er will in die Nacht hineinkommen. Er meint, dass es sich leichter redet, wenn er nicht immer ihre Augen auf sich gerichtet sieht.

»Erzähl mir halt ein bissl von dir«, sagt er einmal.

»Von mir gibt's nicht viel zu erzählen. Ich bin die einzige Tochter vom Gödl und sonst – viel Arbeit halt, das weißt ja selber.«

»Die einzige Tochter? Hast keinen Bruder?«, fragt er erstaunt.

Sie schüttelt den Kopf und lehnt sich im Sitz zurück.

»Dann kriegst du ja einmal den Hof?«

»Stört dich das?«

»Eigentlich ja, weil ich doch eine Bäuerin auf den Tannhof bringen soll.«

»Du legst dich aber ganz schön ins Zeug!«, lacht sie. »Du weißt ja gar nicht, ob ich schon heiraten möcht! Und ob ich überhaupt dich möcht.«

»Das steht natürlich auf einem andern Blatt. Aber darüber könnten wir ja noch reden.«

»Geh, du kennst mich doch erst seit heut Vormittag. Wie kannst denn da schon vom Heiraten reden! Wie vielen Mädeln hast denn schon das Gleiche gesagt?«

»Möglich, dass ich mir bei der oder jener so was Ähnliches gedacht hab. Aber ob du es glaubst oder nicht, bei dir war das ganz was anderes. Dich hab ich heut zum ersten Mal gesehn, und gleich hat bei mir was eingeschlagen.«

»Auf alle Fälle muss ich dich erst noch besser kennen lernen. Auf den ersten Blick kann man da noch nichts sagen.«

»Freilich, freilich!«

Sie fahren durch einen Wald. Links und rechts der Straße stehen die Bäume dicht an dicht.

›Jetzt oder nie‹, denkt Christoph und lenkt in einen Seitenweg ein. Er zieht den Zündschlüssel ab, der Wagen steht.

»Du, gell, den Krampf kenn ich!«, sagt die Gödl Martha. »Da geht auf einmal der Motor nimmer, und ...«

»Was und? Was Krampf? Ich hab gehalten, weil ich jetzt einen Kuss von dir möcht.«

Sie wirft den Kopf zurück und lacht lauthals. »Für den Kaffee meinst oder fürs Heimfahren? Dass ihr Mannsbilder gar nichts umsonst tun könnt!«

Der Christoph ist tatsächlich beschämt und merkt zum ersten Mal in seinem Leben, dass er noch rot werden kann.

»Für den Kaffee? Wie dir nur grad so was einfällt. Wenn du so denkst von mir, dann können wir gleich weiterfahren.«

Weil sie nun schnell die Hand auf seinen Arm legt und sagt: »So hab ich es doch nicht gemeint«, nimmt der Christoph sie um den Hals und busselt sie herzhaft ab. Natürlich merkt er, dass sie noch keine große Erfahrung darin hat. Aber er spürt, dass sie ihn ganz gut leiden mag.

Im Weiterfahren ist sie dann schon viel zutraulicher. Als der Gödlhof in Sicht kommt, hält Christoph abermals und sagt: »Ganz heimbringen tu ich dich nicht. Aber ich werd bald einmal zu euch kommen, wenn du mir sagst, dass du mir ein bissl gut bist.«

Sie legt ihm den Arm auf die Schulter und schaut ihn an. »Glaubst denn du, dass ich mich sonst von dir hätt küssen lassen?«

Diesmal umarmt er sie schon etwas stürmischer, und ihr Mund kommt ihm willig und weich entgegen.

Auf der Heimfahrt pfeift er fröhlich vor sich hin, dann ist er wieder ganz still und spürt noch Marthas Küsse auf den Lippen. In diesem Mädl stecken Kraft und ein starker Wille. Er lächelt. Vielleicht ist das so eine, wie er sie braucht.

Es ist schon spät, als er daheim ankommt. Nur die Mutter ist noch auf und hat auf ihn gewartet.

»Das war aber eine lange Beerdigung«, sagt sie und schaut ihn forschend an. »Wie war's?«

Christoph hängt die schwarze Joppe und die Weste schön säuberlich über den Stuhl. Dann setzt er sich an den Tisch und stützt das Kinn auf die Hände.

»Mutter, heut ist mir eine begegnet, ich glaub, das wär für mich die Richtige«, berichtet Christoph begeistert seiner Mutter.

»So? Wo ist sie denn her?«

»Vom Gödl in Penting.«

»Die haben, glaub ich, bloß ein Mädl, gell?«

»Und ausgerechnet die hab ich kennen g'lernt!«

Die Tannhoferin hört ihm schweigend zu, wie er erzählt.

»Also dann, gute Nacht, Bub«, sagt sie glücklich und streicht ihm liebevoll übers Haar.

Schon am Sonntag drauf fährt der Christoph nach Penting. Zu seinem Unbehagen ist die Martha nicht gleich zu sehen, so dass er als Erstes dem Gödl begegnet. Der Bauer tritt unter die Haustür, als Christoph beim Brunnen den Wagen zum Stehen bringt und aussteigt.

›Jetzt hilft nur Frechheit‹, denkt Christoph, schiebt das Hütl mit dem prächtigen Gamsbart aus der Stirn und sagt: »Ich bin der Tannhofer Christoph und hätt gern mit deiner Martha geredet.«

Der Gödl flößt ihm Respekt ein durch seine Größe, die buschigen Augenbrauen und die hellen, scharfen Augen.

»So, so, der Tannhofer bist du. Ja, die Martha hat schon gesagt, dass du einmal kämst. Du hast sie ja von der Beerdigung heimgefahren. Auf der Fraueninsel seid ihr auch gewesen, und einen Kaffee hast ihr auch bezahlt.«

Christophs Gesicht beginnt zu strahlen. Es ist immer ein gutes Zeichen, wenn ein Mädl daheim alles brav berichtet. Und in seiner guten Laune sticht ihn auch schon wieder der Hafer.

»Dass ich sie abgebusselt hab, hat's das auch erzählt?«

»Nein, das hat sie nicht erzählt.« Der Bauer wendet sich um und ruft in den Flur: »Mutter, stell Kaffee auf, der Tannhofer ist kommen.«

Die Gödlin sieht noch recht jung aus und wirkt neben ihrem Mann fast zierlich. Die Martha gerät mehr nach ihrem Vater, stellt Christoph bei sich fest. Nur das dunkelblonde Haar hat sie von der Mutter.

»Wo ist denn die Martha?«, fragt der Bauer.

Im gleichen Augenblick kommt sie herein. Dem Christoph bleibt vor Staunen der Mund offen. In dem hellen Dirndlkleid sieht sie bildschön aus.

Lachend streckt sie ihm die Hand hin. »Grüß dich, Christoph! So schnell hab ich dich eigentlich nicht erwartet. Freut mich, dass du gekommen bist.«

So einen Nachmittag hat Christoph selten erlebt. Hier scheint man ihn nicht als den Luftikus anzusehen. Bereitwillig zeigt der Gödl ihm das ganze Anwesen und den Maschinenpark, der etwas größer ist als auf dem Tannhof. Dabei redet er, als hätte er bereits einen alten Bekannten vor sich.

»Mit meinen sechsundvierzig Jahren denk ich selbstverständlich noch lang nicht ans Übergeben. Wie ist das eigentlich bei euch? Ich kenn deine Mutter, eine tüchtige Frau. Ich kann mir nicht vorstellen, dass die das Heft schon aus der Hand gibt.«

»Ich glaub, sie wär schon dafür zu haben.«

»Ist da nicht einer von euch, der Bilder schnitzt?«

»Das ist der Robert, ja. Der ist Bildhauer geworden, und darum muss halt ich den Hof einmal nehmen. Sonst hätt ich schau'n müssen, dass ich irgendwo einheirate, weil ich nichts anderes gelernt hab als Bauer.«

Christoph ist froh, dass er so offen und frei reden kann mit diesem Mann. Der Gödl zieht nach dem Rundgang die Taschenuhr, hängt die Joppe um und meint: »Ich geh jetzt zu meinem Sonntagsbier. Ihr werdet mich ja nicht vermissen.«

»Nein«, sagt die Martha, und der Vater lacht.

Auch die Gödlin findet nichts dabei, als die zwei jungen Leute ein wenig wegfahren wollen.

Es lässt sich für den Christoph alles wunderschön an. Schon nach einer Viertelstunde Fahrt sagt die Martha: »Geh Christoph, fahr da ein bissl in die Lichtung hinein, ich hab so Sehnsucht nach einem Bussl.«

11

Ganz steil steigt Robert Meißners Stern nach oben. Weil er das mit Linde nun hinter sich gebracht hat, ist die letzte Fessel von ihm gefallen. Er scheint begnadete Hände zu haben, was er anpackt, gelingt, auch da, wo er sich in letzter Zeit mehr auf Stein verlegt hat. Der Stein gehorcht ihm wie das Holz. Geld ist für ihn kein Begriff, da Hilde seine Geschäfte regelt. Immer tiefer fühlt er sich dieser Frau verbunden, die ihm Herrlichkeiten eröffnet, die ihm bisher fremd gewesen sind. Sie fährt mit ihm nach Italien, nach Florenz, Rom, Venedig. Niemals hat er geahnt, dass die Welt so schön ist.

Auf einer Autofahrt fragt er sie, wie sie sich die Zukunft denke. »Hilde, ich bin so glücklich mit dir. Weißt du, was mein größter Wunsch wäre?«

Sie blickt ihn von der Seite an.

»Irgendwann und zwar in absehbarer Zeit ... Hilde, kannst du dir vorstellen, mich zu heiraten?«

Hilde Bergendorf hört ihm schweigend zu. Sie kann ihn verstehen. Ein Mann wie er will alles gesiegelt und verbrieft haben, auch die Beziehung zu einer Frau.

»Ich wünschte mir nichts sehnlicher, als immer bei dir zu sein«, sagt sie und vertröstet ihn wegen vielfacher geschäftlicher Termine.

An den Wochenenden kommt sie weiterhin nach München. Sie besuchen Theater und Konzerte. Einen Sonntag erleben sie auch auf dem Wendelstein. Ein herrlicher Tag. Schöner denn je scheint ihm Hilde, als sie da oben steht und andächtig die Landschaft betrachtet. Und doch fällt ihm eine gewisse Melancholie auf, aus der sie aufschreckt, als er sie anspricht.

Sie gehen zu Fuß hinunter. Den Wagen haben sie in Brannenburg auf dem Parkplatz zurückgelassen, von wo sie dann die Zahnradbahn zum Gipfel benutzt haben. Auf dem Weg ins Tal fängt Robert wieder an.

»Im Wendelsteinkirchlein lassen sich viele Paare trauen.«

Sie muss vor ihm gehen, weil der Weg schmal ist. Der Bergwind spielt mit ihrem Haar. Einmal bleibt Hilde stehen, der Weg ist jetzt wieder breiter und bequemer.

»Komm doch an meine Seite, Robert.« Sie nimmt seine Hand und lässt sich willig von ihm küssen.

»Dich bedrückt doch etwas«, flüstert er ihr ins Ohr, »das merke ich heute schon den ganzen Tag. Was ist los?«

»Du willst die Bindung, die Hochzeit, womöglich auch da droben in der Kapelle und ...«

»Willst du das denn nicht?«, unterbricht er sie.

»Natürlich, Robert. Das ist es ja gerade, worüber ich nachdenke. Es ist aber so, dass eine zu frühe Bindung in einer Ehe ein Hemmschuh in der künstlerischen Entwicklung für dich bedeuten könnte.«

»Unfug!«, sagt er. »Das versteh ich nicht! Sonst sagst du immer, ich hätte mich prächtig entfaltet.«

»Ja, aber die Stufen sind noch nicht alle erklommen. Der Weg zum Ziel ist noch weit.«

Da nimmt er sie scherzend um die Schultern und küsst sie leidenschaftlich.

»Das ist mir zu hoch, Hilde. Viel zu kompliziert, um mir den schönen Tag verderben zu lassen.«

Übermütig springen sie den Weg hinunter und fahren dann nach München zurück. Abends gehen sie groß aus, in die »Vier Jahreszeiten« zum Essen.

Schon während des Essens spricht Hilde davon, dass sie am nächsten Wochenende nicht kommen kann.

»Gut, dass du's sagst, dann warte ich wenigstens nicht vergeblich.«

»Was wirst du dann tun, Lieber?«

»Vielleicht fahr ich an den Starnberger See oder zum Kloster Andechs.«

»Es wird für mich immer gut sein, zu wissen, wo du ungefähr bist. Auch wenn ich einmal länger nicht mehr kommen kann.«

»Wenn ich es nicht mehr aushalten kann, fahr ich eben zu dir.« Ein Schatten fliegt über sein Gesicht und die Hand mit der Gabel zittert ein wenig. »Ich weiß immer noch nicht, wo und wie du lebst. Ich kenn nicht einmal deinen Onkel. Weiß er überhaupt, wo du übers Wochenende immer bist?«

»Ja«, gesteht sie. »Er weiß, dass ich dich liebe. Und dass ich dich immer im Herzen behalten werde, was auch kommen mag.«

»Was soll denn kommen?«, fragt er beunruhigt.

»Ich habe es dir bis jetzt nicht sagen können, Robert.«

Sie legt das Besteck weg, tupft sich mit der Serviette den Mund ab. »Ich muss nach Amerika fahren.«

Fast wie im Zorn wirft er das Messer auf den Teller. »Jetzt schlägt's aber dreizehn! Da fängst du zuerst ganz tropfenweise an, und auf einmal kommt der Wasserfall!«

Er trinkt hastig einen tiefen Zug aus seinem Weinglas. »Wie lange müsst ich dann allein sein? Musst du geschäftlich da rüber?«

»Ja, geschäftlich«, antwortet sie, blickt starr auf ihren Teller und beginnt wieder zu essen. »Es wird vielleicht ein halbes Jahr dauern«, sagt sie zaghaft.

»Und das soll ich aushalten? Ohne dich – ein halbes Jahr? Wie stellst du dir denn das vor?«

»Bitte, Robert, schrei nicht so! Man wird aufmerksam auf uns.«

»Das ist mir wurscht«, zischt er. »Was gehen mich andere an! Hier geht es um mich! Du willst mich allein lassen und fragst nicht, wie ich das aushalten soll?«

»Wir werden es noch genau besprechen, Robert. Du tust ja gerade so, als ob ich sterben wollte.«

»Im gewissen Sinne sieht das für mich auch so aus.«

Ihm ist, als ob ein roher Nagel ein schönes Bild zerrissen hätte.

Etwas Dunkles ist auf einmal aufgekommen, das er nicht zu durchdringen vermag.

Doch Hilde zerstreut alle seine Bedenken wieder. Sie ist lieb und anschmiegsam, und er weiß nicht, dass sie in dieser Nacht noch bitterlich weint, als er längst schläft.

Es werden harte Tage und Wochen für Robert. Das Einzige, was er von ihr erhält, ist eine Karte, auf der das große Passagierschiff zu sehen ist, mit dem sie nach Amerika gefahren ist. Rückblickend fällt ihm manches auf, an das er vorher nie gedacht hat, weil eben alles wie selbstverständlich gewesen ist. Warum hat sie ihn eigentlich nie mit zu sich nach Hause genommen? Warum hat sie es immer peinlich vermieden, dass er jemanden aus ihrer Familie kennen lernte? Misstrauen und Eifersucht werden wach. Aber all das dauert nie lange. Robert spürt, dass ihn nur die Arbeit retten kann aus diesen zermürbenden Zweifeln. Und er arbeitet wie besessen.

Darüber wird es Winter. Der erste Schnee fällt und wirbelt in großen Flocken ans Atelierfenster.

Eines Tages klopft es an seine Tür. Robert zuckt zusammen und eilt dann mit großen Schritten, um zu öffnen, denn wer kann es schon anderes sein als Hilde! Ein Rausch erfasst ihn: Sie kommt zurück!

Strahlend öffnet er die Tür – und steht seinem einstigen Lehrer, Professor Hagen, gegenüber.

Für Sekunden zeichnet sich Enttäuschung auf seinem Gesicht ab. Dann lacht er gleich, nimmt den Mann bei den Händen und zieht ihn ins Atelier.

»So eine Überraschung! Herr Professor! Wie mich das freut! Bitte, nehmen Sie doch Platz. Sind Sie zufällig in München?«

»Ja, zufällig. Und da hab ich mir gedacht, dass ich doch einmal nachschauen müsste bei dir. Du hast dich ja mächtig gemausert. Respekt, Meißner.«

»Ich habe Ihnen viel zu verdanken, Herr Professor.«

Der Professor putzt seine Brille, immer noch mit dem blau gewürfelten Taschentuch, und hebt abwehrend die Hand, als Robert ihm einen Cognac einschenken will.

»Darf leider keinen mehr trinken. Die Leber macht nicht mehr mit. Aber nun zeig mir mal was aus der letzten Zeit.«

Sie betrachten einige Gipsabgüsse, Wachs- und Plastilinentwürfe, Zeichnungen und Holzschnitzereien. Zuletzt treten sie vor eine fast lebensgroße Frauenfigur aus weißem Marmor, an der Robert zur Zeit arbeitet.

Verblüfft tritt der Professor einen Schritt zurück, kneift die Augen zusammen.

»Die Skulptur ist bereits nach Holland verkauft«, erklärt Robert.

Erst nach einer Weile stellt Hagen trocken fest: »Alle Hochachtung, Meißner. Herrlich dieser Faltenwurf. Und dieses Gesicht? Nanu – das Gesicht kenne ich doch?«

Robert begreift nicht ganz.

»Wie meinen Sie, Herr Professor?«

»Dieses Gesicht! Das ist doch unsere gemeinsame Bekannte Hilde Bergendorf. Das heißt, jetzt trägt sie ja einen anderen Namen. Karras, glaube ich. Eine sehr schöne Frau und gescheit, eminent gescheit. Ja, ja, ich hoffe nur, dass sie glücklich geworden ist.«

Robert ist es, als ob ein Sturzbach über ihn hereinbraust. Die Knie beginnen ihm zu zittern, er greift nach dem nächsten Stuhl und lässt sich darauffallen. Er will sprechen, aber etwas würgt ihn in der Kehle. Er schenkt sich einen großen Cognac ein und trinkt das Glas mit einem Zug leer.

Von weither hört er die Stimme des Professors: »Doktor Karras hat es zuwege gebracht, dass der Bergendorfsche Betrieb mit seinem fusioniert hat. Allerdings ist Bergendorf alt und mit der rasanten wirtschaftlichen Entwicklung nicht mehr mitgekommen. Ich vermute, er hat unter Druck gehandelt. Hilde ist zwar sehr tüchtig, hat aber eben nicht die Geschäftsleitung gehabt. Sie ist ja immer noch mit ihrem Mann in Amerika. Ich habe gehört, dass dort enorme Aufträge getätigt worden sind.«

Robert kommt wieder zu sich. Ihm gegenüber sitzt Professor Hagen. Der gute, alte Hagen. Es ist gar nichts passiert. Die Welt ist nicht untergegangen, der Himmel ist nicht eingestürzt. Er lebt noch, Robert Meißner atmet noch, sein Herz hat nur einen schmerzhaften Rempler abgekriegt. Er will etwas sagen, etwas fragen. Aber der Ton bleibt ihm in der Kehle stecken.

»Was ist denn?«, fragt der Professor leicht verwundert. »Ach, jetzt fällt es mir ein! Warst du nicht mit ihr befreundet? Ich glaube, sie hat viel für dich getan, du hast ihr viel zu verdanken, nicht wahr?«

Er betrachtet das Gesicht seines ehemaligen Schülers und pfeift leise durch die Zähne. »Ich glaube fast, ich hätte lieber nichts sagen sollen.«

»Nein!«, stößt Robert hervor. »Es ist ganz gut, wenn man weiß, wie man dran ist und dass – dass ich – Dank schuldig bin.« Er lacht auf. »Ich glaube, einen Teil des Dankes hab ich abgetragen. Auf alle Fälle ist es gut, dass Sie mir das gesagt haben. Allerdings hätte ich erwartet, dass Hilde mir das selbst sagt. Ich habe nicht einmal gewusst, dass sie geheiratet hat. Immerhin wäre ich ihr ein Hochzeitsgeschenk schuldig gewesen.«

Jetzt merkt Hagen, dass da etwas sehr tief gesessen haben muss bei Meißner, und er will noch erklären: »Es ist ziemlich schnell gegangen mit dieser Heiraterei, so schnell wie die Fusion. Ich hab es von einem Bekannten gehört. Mir scheint, die Sache geht dir doch sehr nahe.«

»Sehr nahe ist gut!«, lacht Robert auf und greift abermals nach der Flasche.

Zum Glück steht der Professor jetzt auf und greift nach seinem Mantel. »Ich will mich jetzt wieder auf den Weg machen. Habe noch eine Besprechung in der Akademie.«

Robert begleitet ihn zur Tür, setzt ein Lächeln auf, das ausschaut, als fletsche er die Zähne. »Sie dürfen versichert sein, dass Ihr Besuch mich ...«

»Schon recht, Meißner! Und nur so weiter auf dem Flug nach oben!«

Robert lehnt sich an die Tür und schüttelt eine Weile nur den Kopf. Dämmerung fällt bereits in den Raum. Aber Robert denkt nicht daran, Licht zu machen. Er packt seinen Mantel und jagt ins Freie.

Luft, das Rauschen der Isar und der Bäume, von denen der Schnee klatscht.

Er rennt dahin, als ob er gejagt würde. ›Nur nicht stillstehen‹, denkt er, ›wenn ich stillstehe, stürzen die Gedanken erst recht auf mich herein wie bissige Hunde.‹ Aber was er auch unternimmt, immer wieder tänzelt Hildes Bild vor ihm her.

So also ist das gewesen.

Er durchdenkt noch einmal den letzten Tag ihres Beisammenseins. So manches ihrer Worte wird ihm jetzt in seiner wahren Bedeutung klar. Sie muss damals bereits alles gewusst haben.

Schließlich, es ist schon ziemlich spät, kommt er doch wieder in sein Atelier. Hildes Stein gewordenes Gesicht. Robert muss alle seine Kraft aufbieten, sich nicht mit der ganzen Wucht seines Körpers gegen sie zu werfen und sie zu Boden zu stürzen. Mit einem Schrei wirft er ein Leintuch über die Statue, packt eine kleinere Gipsfigur und schleudert sie in die Ecke, dass sie in hundert Scherben zerspringt. Bis zu diesem Augenblick hat er sich noch einigermaßen in der Gewalt gehabt. Aber nun überkommt ihn eine barbarische Zerstörungswut. Was an Zeichnungen herum liegt, reißt er in Fetzen, fegt mit ausgestrecktem Arm Modelle und Abdrücke vom Sims und trampelt schreiend auf den Scherben herum. Am Ende gräbt er aufstöhnend den Kopf in die Hände und lässt seinen Tränen freien Lauf.

Wie hat er sie geliebt! Gibt es eigentlich Worte für das, was sie ihm gewesen ist? Die Stunde steht wieder vor ihm auf, als er ihr das erste Mal begegnet ist. Und dann die tausend Stunden, in denen es war, als würde das Licht der Sterne in sein Herz geschüttet. Es kann und darf doch nicht sein, dass dies alles nur Spiel und Lüge gewesen ist!

Er wirft den Mantel wieder um die Schulter, tappt in die Nacht hinaus und geht in die nächste Bar. Früh um vier Uhr müssen sie ihn heimtragen, so betrunken ist er. Das erste Mal in seinem Leben.

Immer tiefer sinkt Robert Meißner. Er ist wie Laub im Herbst, das der Wind spielend treibt, wohin es ihm beliebt. Die verratene Liebe hat ihn haltlos gemacht. Freunde hat er nicht. Nur ein paar Bekannte, Maler, Bildhauer, Schriftsteller, eine kleine Gilde, die sich einmal im Monat trifft.

Zuweilen fasst er den Entschluss, nach Hause zu fahren. Aber dann schämt er sich. Die Brücke zu Linde ist abgebrochen. Und wie soll er vor der Mutter dastehen? Nein, es ist schon besser, wenn er hier bleibt. Die Stadt bietet Ablenkung, hier kann man saufen, ohne dass am anderen Tag das ganze Dorf darüber tratscht.

Einmal klopft ihm ein Bekannter freundschaftlich auf die Schulter: »Was ist los mit dir, Meißner? Wenn du so weitermachst, versumpfst du noch! He, Alter, reiß dich doch zusammen!«

Und er reißt sich zusammen, fängt allmählich wieder an zu arbeiten. Nach ein paar Wochen nimmt er die Gelegenheit wahr, mit den Bekannten den Künstlerball im Deutschen Theater zu besuchen. Man will sich im Vestibül treffen.

Als Robert an diesem Abend zum ersten Mal wieder im Smoking vor dem Spiegel steht, wird ihm ganz elend zumute. Ist das noch sein Gesicht, das ihm da entgegenstarrt, diese Furchen an den Mundwinkeln, diese Augen, die so tief in den Höhlen liegen? Ja, er ist es schon noch. Nur ohne Kraft und Willen.

Seine Freunde erwarten ihn bereits. Jeder hat ein Mädl dabei. Nur er ist allein. Aber man wird ihn heute Abend schon auf Schwung bringen, diesen Meißner, der sie vor kurzem alle noch übertrumpft hat an Lebensmut. Eigentlich schade um ihn, ist er doch immer ein so wunderbarer Kamerad gewesen. Man hat zu ihm kommen können, wenn man einmal schwach bei Kasse war. Wortlos und ohne zu fragen, wann er es wieder bekäme, hat Robert gegeben. Er hat es auch stets wiederbekommen, mit ein paar Ausnahmen.

Er geht mit seinen Bekannten durch den Saal auf den reservierten Tisch zu.

›Heute werde ich mich nicht besaufen‹, nimmt er sich vor, ›irgendwo muss die Barriere sein, vor der ich Halt machen und umkehren muss.‹ Um ganz sicher zu gehen, sagt er seinen Freunden: »Verführt mich bloß heute nicht zum Saufen und passt ein bissl auf mich auf.«

Zuerst tanzt er mit einer blonden Frau, die zu dem Bildhauer Seiffert gehört. Robert spürt, wie er langsam wieder in den Rhythmus hineinkommt und ein wenig Gefallen am Tanzen findet. Nur das Plaudern dabei will ihm nicht recht gelingen. Er nimmt sich vor, mit allen drei Damen an seinem Tisch zu tanzen, andere interessieren ihn nicht.

Seine Blicke gehen auf Wanderschaft, aber nur um festzustellen, ob eine unter den vielen ist, die Hilde gleichsieht. Er findet keine.

Plötzlich zuckt er zusammen. Er stellt das Weinglas ab und kneift die Augen zusammen: Hilde Bergendorf geht am Arm eines Mannes durch den Saal auf einen der noch leeren Tische zu, der anscheinend für das Paar reserviert ist. Beflissen rückt ein Ober die Stühle zurecht. Hilde legt das Handtäschchen aus Silberbrokat vor sich hin und schaut sich suchend um.

Da treffen sich ihre Augen mit den seinen.

Ganz kurz leuchtet es in den ihren auf. Dann neigt sie grüßend den Kopf.

In Roberts Ohren dröhnt es. Es dauert eine ganze Weile, bis er den Mann erkennt, und auf einmal weiß, dass es der gleiche Mann ist, der bei der ersten Begegnung in München bei Hilde war. Das ist also Karras. Sie hat ihn seit damals schon mit ihm betrogen!

Verletzter Stolz, Grimm, Wut und Enttäuschung streiten in ihm mit dem Verlangen, vor die beiden hinzutreten und ihnen all das ins Gesicht zu schreien, was in ihm tobt.

›Langsam, nur langsam‹, raunt ihm eine innere Stimme zu. ›Alles zu seiner Zeit.‹ Die beiden gehen jetzt auf die Tanzfläche. Robert bleibt sitzen und verfolgt sie mit den Augen. Keine Regung zeigt sich in Hildes Gesicht, es ist nicht der beschwingte Rhythmus in ihren Bewegungen wie früher, wenn sie mit ihm getanzt hat. Früher? Ist das nicht schon eine Ewigkeit her? Oder war es überhaupt in einem anderen Leben?

Jetzt, da er sie so tanzen sieht, merkt er, dass der Mann kleiner ist als Hilde. Sie kann, ohne sich zu strecken, über seinen Scheitel hinwegsehen. Aber ein ›Tatmensch, ein Managertyp, ein tüchtiger Kerl‹ soll er sein, hat Professor Hagen gesagt. Wenn Tatmenschen so aussehen – Robert spürt das brennende Bedürfnis, sich mit ihm zu messen.

Sie müssen Bekannte erwartet haben. Ein älteres Ehepaar nimmt bei ihnen Platz. Der Mann küsst Hilde die Hand. Später tanzt Dr. Karras mit der älteren Dame. Diese Gelegenheit benützt Robert, steht auf und geht schnurstracks zu Hildes Tisch hinüber.

»Gestatten, gnädige Frau?«

Einen Moment besinnt sich Hilde, dann steht sie auf und lässt sich von ihm aufs Parkett führen. Die Augen geschlossen, schwebt sie in seinen starken Armen. Nach einer Weile fragt sie: »Wie geht es dir, Robert?«

»Mir? Ganz ausgezeichnet.«

»Das freut mich.«

›So, das freut dich‹, denkt er grimmig und verfällt gleich darauf in die längstvergessene Ausdrucksweise seiner Heimat: »Wegen einer Stauden verreckt nämlich noch keine Geiß.«

Hilde weiß sich das nicht zu deuten. Liebend gern hätte sie die Wange an die seine geschmiegt, so wie früher.

»Ein Glas Sekt an der Bar?«, hört sie ihn fragen.

Sie zögert einen Moment, doch dann willigt sie ein: »Warum nicht? Komm!«

Die Bar liegt in einer anderen Etage. Robert schwingt sich auf einen der hohen Hocker, Hilde bleibt stehen. Um diese Zeit sind noch kaum Gäste hier. Als zwei Gläser Sekt vor ihnen stehen, sagt Hilde mit entwaffnender Freundlichkeit: »So, nun fang an.«

»Womit soll ich anfangen?«

»Mit all dem, was du dir vorgenommen hast, mir vorzuwerfen. Ich nehme alles hin, denn ich verstehe dich.«

»Du verstehst mich? Das ist nett! Aber ich verstehe dich nicht.«

»Das glaub ich dir, Robert. Von wem weißt du es denn überhaupt?«

»Von Professor Hagen. Der hat es ganz ahnungslos dahergeplappert. Aber vielleicht hast du ihn zu mir geschickt, damit er mir die Pille verabreicht, weil das für dich bequemer war.«

Sie nimmt einen kleinen Schluck, stellt das Glas wieder ab und dreht es in den Fingern.

»Ach, Robert, wenn du wüsstest! Das Leben ist grausam! Wenn ich dir alles erzählen würde ... Ich habe mich einem Gesetz beugen müssen oder dem Schicksal, wie man es auch nennen will. Eins aber will ich dir versichern, Robert, ich habe mit dir nicht gespielt, wie du es vielleicht denkst. Ich habe dich geliebt, wie man überhaupt nur einen Menschen lieben kann.«

»Und geheiratet hast du den Zwerg.«

»Bitte, Robert, sei wenigstens nicht geschmacklos.«

»Sag mir um Himmels willen, liebst du ihn?«

»Nein.«

»Wie bitte?«

»Nein, hab ich gesagt«, antwortet sie noch einmal.

»Aber so kann man doch nicht neben einem Menschen leben?«

»Doch, man kann vieles ertragen, wenn man dazu gezwungen ist, wenn es die Umstände erfordern und es keinen anderen Ausweg gibt. Und den hat es leider nicht gegeben. Man kann mit einem Menschen zusammenleben und einen anderen in seinem Herzen tragen.«

»Ich kann mir das nicht vorstellen«, antwortet Robert, ein wenig ruhiger geworden. Er kann es ja kaum fassen: Hilde steht vor ihm, die Frau, die nun einem anderen gehört.

»Ich weiß, Robert, dass du dir das nicht vorstellen kannst. Es liegt ja auch völlig außerhalb der Verzauberung, in der wir beide gelebt haben. Die Zeit mit dir wird immer in meiner Erinnerung fortleben ungetrübt und rein. Auch wenn ich weiß, dass du mich hassen musst und ...«

»Wer sagt dir denn, dass ich dich hasse?«, unterbricht er sie. »Du hast keine Ahnung, was du mir bedeutet hast.«

»Doch, Robert, das weiß ich. Und es wird immer tiefstes Glück für mich sein, zu wissen, dass ich in der Zeit neben dir gewesen bin, in der du noch Suchender warst und die Leiter noch nicht erklommen hattest.«

»Bitte, noch zwei Gläser«, bestellt Robert, nimmt zugleich Kleingeld aus seiner Jackentasche und legt es auf die Theke. »Nein, entschuldige, Hilde, ich dachte nicht daran, du wirst zurückmüssen, er wird dich vermissen.« Ein müdes Lächeln spielt um ihren Mund.

»Üblicherweise wäre das sicher so. Aber ich werde nicht vermisst, und ich vermisse auch nicht. So ist meine Ehe, Robert.«

»Das muss ja die Hölle sein!«

»Ein Paradies ist es nicht. Aber du glaubst gar nicht, an was man sich alles gewöhnen kann.«

Seine Finger streicheln ihren Arm. Er sieht das kleine vergoldete Junikäferl, das er ihr einmal geschenkt hat, an dem goldenen Armband hängen. Ein paar Mal setzt er an, etwas zu sagen und weiß nicht recht, wie es am besten wäre. Dann wirft er wie im Trotz den Kopf zurück. Um dieser Bewegung willen, die sie so gut kennt, hätte sie ihn in ihre Arme nehmen mögen. Aber da flüstert er ihr ins Ohr: »Wenn das so ist, Hilde, dann könntest du doch übers Wochenende einmal zu mir kommen. Wenn du doch nicht vermisst wirst, meine ich.«

Ihre Augen schimmern feucht.

»Nein, Robert, das kann ich nicht. Es wäre nicht mehr so wie früher. Wir würden beide nur noch unglücklicher werden. Und ich bin verheiratet. Bring mich nicht dazu, die Ehe zu brechen.«

»Sei still«, fällt er ihr ins Wort und lässt ihren Arm los.

»Das Leben spielt manchmal merkwürdig. So wie heute, so könnten wir uns einmal wieder begegnen. Dann müssten wir beide die Blicke senken. So aber könnten wir uns offen in die Augen sehen.«

»Ja, ich verstehe, Hilde. Du warst nicht nur wunderbar, du bist es jetzt noch und wirst es immer bleiben.«

Er hebt sein Glas und lässt es leise an das ihre klingen. »Auf dich, Hilde.«

»Auf dich, Robert.«

Sie hebt die Hand, streicht über die Stirn. »Ach, mein Liebster«, sagt sie, den Tränen nahe. Sie küsst ihn schnell auf beide Wangen und geht davon.

Robert sieht ihr nach, bis die beiden Flügeltüren hinter ihr zusammenschlagen. Dann lässt er sich in der Garderobe seinen Mantel geben und geht in die Nacht hinaus.

12

Einige Wochen darauf, der Frühling hat sich bereits in voller Pracht entfaltet, erhält Robert ein Telegramm aus Kirchzell: »Wenn möglich bitte sofort kommen. Dr. Burgstaller sen.«

Sein erster Gedanke ist, dass der Mutter etwas zugestoßen sei. Er überlegt, ob er telefonisch zurückfragen soll, entschließt sich aber dann doch, gleich zu fahren. Zwar ist er gestern erst aus Brüssel von einer Ausstellung zurückgekommen und hat seinen Wagen gleich in die Werkstatt zum Kundendienst gegeben. Aber bis Mittag wird er sicher fertig sein.

Kaum dem Gewirr der Stadt entronnen, fährt er mit hohem Tempo auf die Autobahn. Die Angst hat sein Herz umkrallt, er könnte die Mutter vielleicht nicht mehr lebend antreffen.

Als er aber daheim aus dem Wagen steigt, kommt die Mutter aus dem Haus, noch grauer geworden im Haar, aber aufrecht wie immer.

»Immer kommst du so unverhofft«, lächelt sie. »Aber die Freud ist dann um so größer. Komm nur gleich herein! Wenn du dich frisch machen willst, seit Ostern haben wir ein Bad im Haus.«

Robert umarmt sie stürmisch.

»Gott sei Dank! Du bist wohlauf, wie ich sehe. Was ist denn eigentlich los? Doktor Burgstaller hat mir ein dringendes Telegramm geschickt, und da dachte ich ...«

»Dass mit mir etwas wäre?«, unterbricht sie ihn erstaunt. »Nein, bis auf die Herzattacken, wenn wir Föhn haben, bin ich gesund. Aber, ... Doktor Burgstaller, sagst du?«

Die Tannhoferin ist auf einen Stuhl niedergesunken.

»Ob das vielleicht mit Linde zusammenhängt?«, sagt sie leise. »Sie soll sehr krank sein. Seit dem Winter schon.«

Roberts Herz klopft bis zum Hals.

»Ich möchte gleich bei Burgstaller vorsprechen.«

»Ja, tu das, Bub. Umsonst hat man dir ja wohl kaum telegrafiert.«

Robert fährt zum Doktorhaus. Dort trifft er Dr. Hartwig, der den alten Dr. Burgstaller vertritt. Seit Wochen ist er nicht mehr vom Sanatorium heruntergekommen. Die Begegnung zwischen den beiden ist kühl.

»Man hat mir ein Telegramm geschickt«, sagt Robert. »Ist Herr Doktor Burgstaller nicht da?«

»Oben, im Sanatorium. Fräulein Burgstaller ist sehr krank«, und noch ehe Robert weiterfragen kann, »der Fall ist so gut wie hoffnungslos.«

Robert macht auf dem Absatz kehrt, steigt in den Wagen und rast zum Sanatorium hinauf. Gewissensbisse, die in ihm aufkommen wollen, zwingt er nieder. Wenn er an Linde gefehlt hat, dann hat er es bitter büßen müssen. Ohne den Wagen abzusperren, rennt Robert die breite Steinstufen hinauf und begegnet vor dem Aufnahmeraum Doktor Burgstaller. Auch Ludwig kommt gerade aus einem Krankenzimmer und geht auf Robert zu: »Gott sei Dank, dass Sie da sind! Linde fragt den ganzen Morgen schon wieder nach Ihnen.«

Robert denkt flüchtig, dass dieser Mann ihn früher geduzt hat. Anscheinend will er Abstand zeigen. Der alte Herr duzt ihn noch, fragt aber: »Ich kann doch noch ›du‹ sagen zu dir?«

»Ich bitte darum, Herr Doktor. Was ist denn mit Linde?«

Die beiden Ärzte sehen sich an.

»Leukämie«, sagt Ludwig.

Robert blickt vom einen zum andern. »Aber kann man denn da nicht helfen?«

»Leider nein. Es ist alles versucht worden. Die Krankheit hat bereits das letzte Stadium erreicht.«

»Um Gottes willen! Arme Linde«, entfährt es Robert. Er sieht Burgstaller flehend an. »Kann ich zu ihr?«

»Bitte, folgen Sie mir«, sagt Ludwig und geht Robert die Stufen voraus zum zweiten Stock hinauf, klopft an eine Tür und steckt den Kopf hinein. »Linde, Besuch ist da.«

»Soll nur hereinkommen, der Robert«, sagt sie mit schwacher Stimme, als wüsste sie, dass niemand anders draußen stehen könnte.

Auf einen Wink Ludwigs betritt Robert leise das Zimmer und erschrickt zutiefst. Er hat mit allem gerechnet nur nicht mit diesem Anblick. Rosalinde liegt nahe am Fenster. Die seidene Steppdecke verhüllt ihre Gestalt bis zum Hals hinauf. Sie sieht durchsichtig blass aus, alabasterfarben um Kinn und Wangen. Fast starr liegt sie da. Nur die Augen scheinen zu leben in diesem Gesicht.

Das Fenster steht weit offen. Frischer Harzgeruch kommt vom Wald herein, man hört einen Kuckuck schlagen.

»Komm her, Robert.«

Langsam geht Robert auf das Bett zu und nimmt vorsichtig ihre Hand. Sie hat die Augen groß auf ihn gerichtet und lächelt.

»Ich bin so froh, dass du gekommen bist. Ich danke dir, Robert.«

»Wenn ich gewusst hätte, dass du so krank bist, dann wäre ich schon viel eher gekommen«, sagt er.

Sie schaut ihn immerzu an, als wärme sie sich an seinem Anblick.

»Du bist so hoch über mir«, flüstert sie. »Setz dich, bitte. Du darfst gehen, Ludwig«, wendet sie sich an ihren Bruder.

»Aber du musst mir versprechen ...«

»Nicht viel zu reden. Ich weiß schon.«

Dann sind die beiden allein.

Es ist das erste Mal, dass Robert an einem Krankenbett sitzt, und er weiß nicht recht, was er sagen soll. Und während er noch nach einem Trost sucht, trifft ihn ihre flüsternde Stimme: »Was ist mit dir, Robert? In deinen Augen seh ich etwas, das früher nicht da war.«

»Es war nicht so schlimm, Linde. Wenn du wieder gesund bist, erzähle ich dir alles.«

Sie lächelt auf eine Weise, die ihm ins Herz schneidet.

»Lieber Robert, dann erzähl nur jetzt gleich, denn ich werde nicht gesund.«

»Das darfst du nicht sagen, Linde. Kein Fall ist hoffnungslos. Die Medizin ist doch heute schon so weit fortgeschritten.«

Sie schließt die Augen und dreht den Kopf zur Seite.

»Ich weiß genau Bescheid, Robert. Ich habe in den medizinischen Büchern nachgesehen, noch bevor sie vor mir versteckt wurden. Ich bin nur froh, dass ich so lange durchgehalten hab, bis du gekommen bist.«

»Du sollst doch nicht so viel reden, Linde«, ermahnte Robert sie sanft.

»Ach, lass nur. Ich habe die ganze Zeit geschwiegen, weil ich mir alles, was ich noch sagen möchte, für dieses Gespräch aufgespart habe. Du weißt, Robert, wie sehr ich dich geliebt habe. Trotz allem. Niemand hat dich mir wirklich nehmen können. Und ich nehme diese Liebe mit hinüber in die andere Welt. Es ist gar nicht so schwer, das Sterben, wie sie immer sagen. Es hört sich nur so schrecklich an, in Wirklichkeit ist es eine Erlösung.«

»Linde, bitte, rede nicht so«, bettelt er, der sich von einer Schuld nicht ganz freimachen kann. »Ich weiß, du willst es mir nur leichter machen. Ich hab dir dein Leben doch verpfuscht.«

»Nein, Robert, das ist nicht wahr. Vielleicht war es ganz gut, dass das Schicksal es anders mit uns beiden gemeint hat. Diese Krankheit hab ich längst in mir, und sie hätte unerbittlich ihren Fortgang genommen, auch wenn du bei mir geblieben wärst. In den vielen Tagen und Nächten, die ich hier liege, ist mir so manches klar geworden. Ich hätte doch niemals Schritt halten können mit dir, denn du bist so weit über alles hinausgewachsen. Und jetzt, da du in der Vollkraft deines Schaffens stehst, jetzt müsste ich dich doch allein lassen. Schau, als ich dich verlor, hat das sehr weh getan. Ich hab aber jetzt erkannt, dass es vielleicht doch eine Fügung des Himmels gewesen sein muss. Und nun erzähl mir von dir. Ich seh doch an deinen Augen, dass du etwas Schmerzliches in dir trägst. Hängt es mit jener Frau zusammen?«

Er nickt und blickt auf ihre Hände nieder, auf denen sich die Adern so deutlich abzeichnen.

»Ja, Linde. Sie hat einen anderen geheiratet.«

»Armer Robert«, flüstert sie. »Und ich hätte dich so gerne glücklich gesehen.«

»Das sagst ausgerechnet du, die doch den wenigsten Grund dazu hätte?«, fragt er erschüttert.

»Lass nur, Robert. Wenn ich gesund wäre, ich hätte dir alles verziehen und dich wieder an mein Herz genommen, denn in Wirklichkeit bist du doch mein Robert geblieben, mit all deinen Fehlern und Schwächen. Wie oft denke ich an unsere Kinderzeit und die Jahre danach zurück. Wie sind wir voll gewesen von tausend Wünschen und Hoffnungen ...«

»Ich wünschte, dass ich noch einmal Kind sein könnte. Vielleicht würde ich dann manches anders machen.«

»Glaub das nicht, Robert. Unser Weg ist uns vorgezeichnet, vom ersten Schrei an, mit dem wir das Leben begrüßen. Man kann einmal abweichen davon, aber schließlich mündet man doch wieder bei seinem eigentlichen Sein.«

Sie hält inne, als lausche sie auf das Gezwitscher der Vögel. Dann richtet sie sich etwas auf, um seinem Ohr näher zu sein. »Ich muss dir noch etwas sagen, Robert, ehe ich's vergesse oder bevor es zu spät ist. Es gibt jemanden, Robert, der dir sein Herz auf offenen Händen hingehalten hat. Aber du hast es nie bemerkt. Ich meine eure Bärbel. Für sie hat nur ein einziger Mensch Bedeutung, und das bist du. Ich meine, dass du das bedenken solltest, wenn ich nicht mehr bin.«

Das überrascht ihn nun mehr, als er es sich anmerken lässt. Die Bärbel? Die kleine Schwester?

Aber so ist es: Da lebt man ganz nah am Guten und merkt es nicht. Er will fragen, woher sie das weiß, aber da spricht sie bereits weiter: »Du und die Bärbel, ja, vielleicht wäre das ein Strauß aus Almenrausch und Edelweiß. Die zwei gehören doch zusammen, wie es in einem Lied heißt. Und noch etwas, Robert, einen Rosenstrauch auf mein Grab, von deinen Händen. Weiße Rosen sollen es sein ...«

Erschöpft fällt sie in die Kissen zurück. Er will schon auf den Klingelknopf drücken, als sie ihm das Gesicht wieder zuwendet.

»Lass nur, Robert, sonst kommen sie und lassen mich wieder nicht allein mit dir. Nimm mich noch einmal in deinen Arm, damit ich hinaussehen kann durchs Fenster in die Welt. Schau doch, wie die Abendwolken schon glänzen. Und wie der Frühlingswind über die Wipfel hinstreicht. Er ist ja nie ganz still, der Wald. Immer rauscht und flüstert er. So viel hat er mir schon erzählt in den Nächten, wenn die Sterne über ihm stehen. Am lautesten rauscht er in den frühen Morgenstunden. Und im Winter musst du den Rosenstrauch zudecken, weil ...«

Da öffnet sich die Tür, und die beiden Burgstaller kommen herein.

»Du musst entschuldigen, Robert«, sagt der alte Herr. »Aber es geht mit dem besten Willen nicht, dass sie so viel redet. Es strengt sie zu sehr an.«

Robert erhebt sich sofort. Aber Linde lässt seine Hand noch nicht los: »Kommst du morgen wieder, Robert?«

»Ich werde jeden Tag kommen. Und wenn du wieder gesund bist ...«

Ein Lächeln spielt um ihre Lippen. Ihre Augen leuchten. Jede Spur des Leidens ist aus ihrem Gesicht gewichen, sogar auf ihren Lippen blüht ein leises Rot auf, wie das einer halbgeöffneten Rose. Zögernd streckt sie den Arm nach ihm aus und umschlingt seinen Nacken, als er sich beugt. Sie flüstert ihm etwas ins Ohr. Das sollen die anderen nicht hören.

Er küsst sie und geht dann hinaus.

Linde verharrt noch eine Weile in der sitzenden Stellung. Stärker noch ist das Leuchten in ihren Augen.

»Ach«, seufzt sie dann. »Ich glaube, ich hab mich überfreut.«

Sie sinkt in die Kissen zurück. Ihr Puls geht regelmäßig. Sie schläft ein, ganz ruhig, den Kopf in die Kissen gedrückt wie ein müdes Kind. Halb im Schlaf sagt sie dann noch: »Morgen will ich mein Himmelschlüsselkleid anziehen, für den Robert, wenn er kommt.«

Sie zieht es aber nicht mehr an. Als der Morgen aufsteigt und eine Amsel lockend den Tag ankündet, macht Rosalinde Burgstaller den letzten Atemzug.

Robert weiß, als er mit einem Strauß Schlüsselblumen ankommt, gleich, was geschehen ist. Totenstill ist es im ganzen Haus. Im ersten Stock begegnet ihm eine Schwester mit verweinten Augen. Er fühlt, wie seine Knie zu zittern beginnen, er steht nun vor der Tür und hat Angst.

In dieser Nacht hat er wirklich geträumt, dass Linde wieder gesund geworden ist. Alles ist wieder so gut geworden, und alles Leid ist versunken gewesen. Ganz froh ist er aufgewacht und hat die Bärbel zum Wassergraben hinuntergeschickt um einen Strauß Schlüsselblumen, nicht ahnend, dass es Totenblumen sein sollten.

Ein Schluchzen dringt aus dem Zimmer. Ein hartes, trockenes Schluchzen.

Da drückt er entschlossen die Klinke nieder, sieht die beiden Ärzte, den Sohn und den Vater, der vor dem Bett kauert.

Da liegt sie nun, still und feierlich, seine Linde, die ihn geliebt hat von Kindheit an. Ein letztes, geheimnisvolles Lächeln liegt auf ihren Lippen.

Wie erstarrt steht Robert. Dann tun seine Hände ein letztes Werk an ihr. Den Blumenstrauß legt er auf ihre gefalteten Hände. Niemand stört ihn.

»Du hast ihr noch eine letzte Freude geschenkt«, sagt Dr. Burgstaller und drückt Robert die Hand.

Robert blickt ihn an.

»Viel zu wenig«, murmelt er. »Viel zu wenig Freude.« Mehr bringt er nicht heraus. Was helfen Worte angesichts des Todes! Noch einen letzten, langen Blick wirft er auf Linde. Dann geht er still hinaus.

Er läuft durch den Morgenwald, der vom Vogelgezwitscher erfüllt ist, und hört es nicht. Langsam begreift er. Etwas Liebes ist aus der Welt gegangen und nimmt all die Träume mit ins Grab. Dass Hilde ihn verlassen hat, ist schwer genug gewesen. Dass Linde aber nun für immer von ihm gegangen ist, ist noch schwerer.

Ohne es zu merken, kommt er zur Jägerhütte. Dort setzt er sich auf die Bank und schaut über die Lichtung hinunter ins Tal. Wie friedlich dort alles ist und scheinbar unverändert. Über dem hellen Grün der Frühlingswiesen stehen hochgetürmt die weißen Wolken am Himmel. Und der Wind streicht über Wiesen und Wälder. Tausendfältig ist der Pulsschlag des Lebens in diesem sonnenbeglänzten Morgen.

Doch all dieses Prangen lässt ihn um so tiefer den Verlust spüren, den er mit Lindes Tod erlitten hat. Innerlich ausgebrannt kommt er sich vor und weiß nicht, was nun werden soll.

Drei Tage später wird Linde zu Grabe getragen. Unübersehbar ist der Trauerzug, der sich zum Friedhof bewegt. Gleich hinter Dr. Burgstaller und seinem Sohn geht die Tannhoferin, neben ihr der Robert. Sein Gesicht ist unbewegt. Die Augen sind starr auf den Sarg gerichtet.

Als sie nach dem Gottesdienst heimgehen und Kirchzell bereits hinter sich gelassen haben, sagt die Tannhoferin: »So jung zu sterben, das ist furchtbar.«

»Ich weiß nicht, Mutter, ob das Lebenmüssen oft nicht eine größere Qual ist.«

»Das sagst du, mit deinen jungen Jahren?«

»Zu mancher Erkenntnis muss man nicht alt sein, Mutter.«

Die Tannhoferin schweigt lange.

»Was hast du nun vor, Robert? Bleibst du länger daheim?«

Er sieht sie nicht an.

»Wahrscheinlich für ganz. Was soll mir denn die Stadt noch? Sie widert mich an.« Er zieht seine Joppe aus und hängt sie über den Arm. Die Tannhoferin nimmt ihren Hut ab. Es ist schon so schwül an diesem Vormittag, dass für den Nachmittag mit einem Gewitter zu rechnen ist.

»Wenn es nur nicht hagelt«, meint die Tannhoferin und wirft einen Blick über die Felder, auf denen die Saat schon kniehoch steht. In ihrem Gesicht ist ein heller Schein. Robert will daheim bleiben. Sie kann ihm nicht zeigen, wie sehr sie das beglückt. Aber noch ehe sie etwas fragen kann, spricht er weiter: »Ich habe schon daran gedacht, ob sich die Wagenremise nicht ausbauen lässt zu einem Atelier.«

»Warum denn nicht gleich was Neues?«

Er nickt und fasst schüchtern nach ihrer Hand.

»Das wär mir natürlich lieber. Wenn ich nur wieder richtig arbeiten kann. Arbeit ist ein Glück, das einzige, das der Mensch sich selber geben kann. Vor drei Tagen, als ich die Linde so still und kalt vor mir liegen sah, da meinte ich, ich könnte nie wieder ein Schnitzmesser anrühren. Aber seit heute morgen weiß ich, dass ich wieder arbeiten muss und dass dies Lindes letzter Wunsch gewesen ist.«

Die Mutter drückt seine Hand ganz fest.

»Ich werde morgen nach München fahren, alles auflösen und meine Sachen herausbringen«, sagt er. Immer mehr wird es ihm bewusst, dass es die beste Lösung ist, wenn er versucht, daheim wieder Wurzeln zu schlagen.

Als die Tannhoferin den Nachmittagskaffee aufdecken will, hat er schon den ersten Plan gezeichnet für das Atelier. Er misst, rechnet, zerreißt ein paar Skizzen und macht neue Entwürfe. Darüber wird es Abend und Nacht.

Er sitzt mit der Mutter noch eine Weile auf der Hausbank und sieht dem Mond zu, der langsam heraufsteigt. Von Osten her weht ein frischer Wind.

Die Tannhoferin steht auf und geht ins Haus, weil es ihr zu kühl wird.

Robert zündet sich eine Zigarre an. Die Nacht ist so hell geworden, dass er den Rauch vor sich aufsteigen sieht. Und schemenhaft hinter dem Rauch meint er Gesichter wahrzunehmen.

Hilde schenkt ihm ein Lächeln. Linde heißt den Einsamen auf der heimatlichen Hausbank willkommen. Und für ein paar Sekunden huscht auch Bärbels Gesicht vorüber.

Vom Kirchturm herauf schlägt es elf Uhr. Robert zertritt den Rest seiner Zigarre und steht auf. Da wird die Haustür leise geöffnet, und Christoph tritt heraus.

»Wo willst denn du noch hin, Christoph?«

Christoph ist sichtlich verlegen. Er hat nicht gewusst, dass Robert noch hier gesessen hat.

»Nur schaun hab ich noch ein bissl wollen, weil die Nacht so mondhell ist.«

Robert fasst den Bruder am Arm.

»Komm, Christoph. Es hat doch keinen Sinn. Leg dich schlafen.«

Christoph lacht unsicher.

»Woher weißt du es denn?«

»Die Mutter hat mir ihre Sorgen geklagt.«

»So sollte es halt jedesmal gewesen sein, dass einer unter der Haustür gestanden wär und mich beim Arm genommen hätt, wenn es mich hinausgezogen hat in den Wald.«

Sie gehen miteinander ins Haus. Auf dem Söller, bevor sie sich trennen, sagt Robert noch: »Du bist selber für dich verantwortlich, Christoph. Lass dich nicht noch einmal zu so was hinreißen. Stell dir doch den Kummer deiner zukünftigen Frau vor.«

»Jetzt bin ich noch ledig, und drum juckt's mich halt noch manchmal in den Fingern. Wenn ich verheiratet bin, werd ich es schon lassen.«

»Ja, wenn es bloß wahr wäre, Christoph! Der Mensch muss mit manchem fertig werden. Es geht dann schon, wenn man will und muss. Wie bist du denn überhaupt zu diesem unglücklichen Gedanken gekommen?«

»Ja, schau, Bruder. Das ist eigentlich bei uns das Merkwürdige. Wir sind zur gleichen Stund geboren, und doch ist immer jeder seine eigenen Wege gegangen. Dir waren als Bub schon Schnitzmesser und ein Trumm Holz die größte Seligkeit, und mich hat es schon in den Fingern gejuckt, wenn ich ein Gewehr bloß von weitem gesehen hab. Seit ich die Martha kenn, hab ich mich gebessert. Wie die das fertig gebracht hat, weiß ich auch nicht. Siehst, jetzt bin ich froh, dass du mich aufgehalten hast. Heut hätt ich es schnallen lassen. Aber wer weiß, für was es gut ist. Und jetzt leg ich mich schlafen. Gute Nacht, Bruderherz.«

Die Heuernte ist im vollen Gang. Auch Robert packt wieder mit beiden Händen zu, aber die meiste Zeit ist er bei dem Neubau, der neben der Remise entsteht und der sein Atelier werden soll. »Werkstatt« nennen es die anderen.

Wie in einem langsam Genesenden erwacht die alte Kraft in ihm. Mit wachen Sinnen beobachtet die Tannhoferin diese Wandlung und hegt die stille Hoffnung, dass Robert Bauer auf dem Tannhof werden möchte, zumal ja Christoph auf den Gödlhof einheiraten könnte. Da sie auf dem Tannhof jetzt alle modernen Maschinen haben, ist die Arbeit auch nicht mehr so schwer. Man kann in der Hälfte Zeit das Gleiche schaffen wie früher an einem ganzen Tag. Robert hätte also immer noch genügend Zeit, in seinem Atelier zu werken.

Die Martha kommt sonntags zuweilen auf Besuch, das heißt, Christoph holt sie mit dem Wagen ab. Und an einem Sonntagnachmittag besprechen sie alles, was das Herz der Tannhoferin bewegt.

»Dem Vater ist es eh lieber, wenn du zu uns kommst«, sagt die Martha frei heraus und gibt dem Christoph ein Bussl. »Und außerdem mag ich auch nimmer so lang allein sein«, flüstert sie ihm ins Ohr.

Man einigt sich, dass die Hochzeit noch im Herbst sein soll.

»Mir ist's recht«, meint Christoph. Die Martha hat ihn ganz schön am Bandl und der einst so wilde Bursch ist recht zahm geworden. Zwar sagt er: »Gell, wenn wir verheiratet sind, die Hosen behalt schon ich an! Nicht dass du meinst, mit deinem flotten Mundwerk kannst mich übertölpeln!«

»Ist schon recht«, lacht die Martha.

13

So gehen die Tage und Wochen dahin, der Weizen färbt sich goldbraun und das Grummet wächst schon her zum Schnitt.

Die »Werkstatt« ist fertig, und Robert lässt ein paar große Steinblöcke anrollen, kauft einige Lindenstämme und richtet sich bereits auf die Winterarbeit ein.

Christoph aber lässt sich beim Schneider in Kirchzell einen Hochzeitsanzug anmessen und bestellt in der Gemeinde das Aufgebot. Es kommt der Tag, an dem sie in den Pfarrhof zum Traugespräch müssen. Es ist ein Samstag. Christoph holt die Martha daheim ab und hat dabei noch eine kurze Aussprache mit dem Gödl.

»Dass wir uns klar sind, gell, Christoph: Den Hof geb ich erst aus der Hand, wenn ein Enkel da ist.«

»Aber du hast gesagt«, erinnert ihn Christoph, »dass du mich frei schalten und walten lässt.«

»Hab ich gesagt, ja, soweit ich mit deinen Neuerungen einverstanden sein kann. Wir werden schon auskommen miteinander. Ich gehör ja nicht zu denen, die erst übergeben, wenn sie gar nimmer können. Ich möcht mit meiner Bäuerin noch was haben vom Leben. Und wenn ich seh, dass du dich gut anlässt, dann möcht ich nächstes Jahr mit meiner Frau nach Brasilien hinüber und meine Schwester besuchen, die dort verheiratet ist.«

»Ich werd mir Müh geben«, verspricht Christoph und macht sich über die Brotzeit her, die man ihm hingestellt hat. »Muss mich schon noch stärken, bevor die Fragerei losgeht«, meint er. »Was fragt einen denn der Pfarrer alles?«

»Das ist gar nicht schlimm«, antwortet die Gödlin. »Die Gebote weißt ja, und das Glaubensbekenntnis wirst ja auch können. Dann gibt er halt noch Verhaltungsmaßregeln, wie man eine Ehe führen soll.«

»Ganz wohl ist mir nicht«, sagt Christoph, als er hernach mit der Martha im Auto sitzt.

»Brauchst dir aber nichts denken, Christoph, ich red schon für dich auch. Im Katechismus bin ich ja bewandert.«

»Ja, das hab ich schon gemerkt. Herrschaft, Martha, wer hätt denn das gemeint, als wir uns das erste Mal begegnet sind, dass wir heut in acht Tagen schon Mann und Frau sind!«

»Reut es dich, Christoph?«

»Ah, woher denn! Eine Bessere hätt ich ja gar nicht finden können.«

Nach dem Besuch beim Pfarrer meint Christoph: »Wie wär's denn jetzt mit einem Schöpperl Wein, Martha?«

»Weil du dem Herrn Pfarrer gar so schön Antwort hast geben können, stift ich sogar eine Flasche Sekt. Geh'n wir zum Seewirt?«

»Nein, lieber zum ›Blauen Enzian‹«, antwortet Christoph, und es hört sich wie eine schroffe Ablehnung an. Aber ausgerechnet dort ist wegen Urlaub geschlossen. Also gehen sie doch zum Seewirt.

In der Wirtsstube sitzt der Seewirt mit ein paar Herren in angeregter Unterhaltung. Als Christoph mit seiner Braut eintritt, leuchten seine Augen kurz auf. Er neigt sich wieder seinen beiden Begleitern zu und flüstert mit ihnen.

Christoph setzt sich mit Martha in die entgegengesetzte Stubenecke und sieht aus den Augenwinkel, wie die Herren zu ihnen herüberschauen. Einer, der gekleidet ist wie ein Förster, hebt sogar sein Glas und prostet freundlich herüber.

Christoph kennt die beiden nicht und ärgert sich über die Aufdringlichkeit. Er steht auf und setzt sich so hin, dass er den Männern am anderen Tisch den Rücken zukehrt.

»Prost, Weiberl«, schmunzelt er und tut ganz so, als hätte er bereits die Eheschließung hinter sich.

Die Martha trinkt, dann neigt sie sich ein wenig vor und stößt mit ihrer Stirn an die seine.

»Wenn ich dich nicht gar so gern möcht«, gesteht sie ihm und küsst ihn dabei schnell auf die Wange.

»Das gehört sich auch«, antwortet Christoph und fügt grinsend hinzu: »Aber musst immer daran denken, was der Pfarrer gesagt hat. Die Ehefrau soll dem Mann gehorchen.«

»Bis zu einem gewissen Grad«, schränkt sie ein und scherzt zurück: »Wenn du zum Beispiel ins Wasser springst, muss ich dir noch lang nicht blindlings hinterherspringen.«

Als dann Christoph einmal hinausgeht, folgt ihm der Seewirt auf dem Fuß. »Die zwei Herren haben dich schon viel Geld verdienen lassen.«

»So?«, sagt Christoph, obwohl er sich gleich auskennt. So viel Wildbret hätte ja der Seewirt gar nicht auskochen können, wie der Christoph ihm zuweilen geliefert hat. Also muss er den größten Teil der Beute anderswohin geliefert haben.

»Sie hätten großes Interesse an weiterer Ware«, flüstert der Seewirt.

»Aber ohne mich.«

»Da herinnen mag ich jetzt nicht reden, Christoph. Aber komm in zwei Stunden zu mir ins Weinstüberl.«

»Das wird sich schlecht machen lassen. Ich hab meine Braut bei mir.«

»Allen Respekt! Also, sagen wir in zwei Stunden. Anhören kannst du dir auf alle Fälle, was sie zu sagen haben.«

»Rechnet lieber nicht mehr mit mir«, antwortet Christoph.

»Wenn es dich nur nicht reut«, sagt der Seewirt bissig, »schließlich wissen die zwei doch allerhand von dir.«

Christoph schiebt sich wortlos an ihm vorbei.

Aber als er dann die Martha nach Hause gebracht hat und wieder heimwärts fährt, denkt er doch über das Gespräch nach. Das hat doch wie eine Drohung geklungen, kommt ihm erst jetzt zu Bewusstsein. Und nun möchte er doch wissen, wo es hinaus soll. Wollen sie ihn etwa erpressen?

Im Weinstüberl sitzen die drei immer noch beisammen. Und so sicher muss der Seewirt mit seinem Kommen gerechnet haben, dass er der Bedienung – die Wally ist längst nicht mehr hier – gesagt hat: »Wenn der Tannhofer Christoph kommt, dirigierst ihn gleich zu uns ins Weinstüberl.«

Christoph wird mit biederer Herzlichkeit empfangen. »Aichler«, stellt sich der mit dem Trachtenanzug vor, und »Kranner« der andere, der etwas salopp angezogen ist und ein recht verlebtes Gesicht hat.

»Das ist der Meißner Christoph«, sagt der Seewirt und rückt für Christoph geschäftig einen Stuhl zurecht, schenkt ihm Wein ein und hebt sein Glas zum Anstoß. »Nett, dass du doch gekommen bist, Christoph. Ich weiß ja, auf dich hat man sich immer verlassen können.«

»Leider hat er uns in letzter Zeit ein bisschen aufsitzen lassen«, meint Aichler.

Christoph überhört das und lehnt sich in seinen Stuhl zurück: »Um was geht es überhaupt?«

»Wild brauchen wir. Ich beliefere verschiedene Hotels damit, und, wie gesagt, in letzter Zeit fehlt der Nachschub.«

»Nein, ich mein, weil der da ...«, Christoph deutet auf den Seewirt, »gesagt hat, ihr zwei wüsstet von mir allerhand. Was wisst ihr von mir, und soll das eine Drohung sein?«

»Aber woher denn! Niemand droht Ihnen«, tut der Kranner freundschaftlich.

»Das möcht ich mir auch verbitten.« Christoph ist recht ungnädig.

Aichler zündet sich eine Zigarre an. Er scheint der Wichtigere von beiden zu sein. Dann schaut er mit schiefgehaltenem Kopf den Christoph lange an, bis er sagt: »Ich habe immer großen Respekt gehabt vor Burschen, wie Sie einer sind. Leider hab ich Sie bis jetzt nicht persönlich gekannt. Ich hoffe, dass Sie bei der Abrechnung nie zu kurz gekommen sind?« Er schaut den Seewirt an.

»Wahrscheinlich haben Sie mehr dabei profitiert als ich, und das ohne Gefahr«, sagt Christoph.

»Oh, sagen Sie das nicht!« Heftig zieht Aichler an seiner Zigarre. »Ein Risiko ist immer bei solchen Sachen! Aber ohne Risiko auch kein Geld. Langer

Rede kurzer Sinn: Ich biete Ihnen tausend Mark, wenn Sie eine etwas größer angelegte Sache leiten. Es müssten mindestens vier Hirsche und etwa sechs Rehe sein. Ein Lastwagen steht bereit, drei Mann könnten dabei noch behilflich sein, außer dem Hasenbauer Jörg, der aber nur dann mitmacht, wenn Sie dabei sind.«

Ein Lächeln zuckt um Christophs Lippen. Irgendwie freut ihn die Anhänglichkeit des alten Kumpanen, und es juckt ihn in den Fingern, den Jägern noch einmal einen Schabernack zu spielen. Ein letztes Mal.

»Was tät dann der Jörgl kriegen?«, fragt er geschäftsmäßig.

»Auch tausend.«

»Und wann soll das steigen?«

»In der Nacht vom siebten auf achten September.«

»Ausgeschlossen! Am achten September hab ich Hochzeit.«

»Das Mädl, das heute bei ihm war«, erklärt der Seewirt.

»Wenn es so verläuft, wie geplant, ist um Mitternacht alles vorbei«, nimmt Aichler wieder das Wort. »Notfalls würde ich bei Ihnen noch auf fünfzehnhundert Mark gehen.«

»Und wenn es schief geht?«

»Was soll denn schief gehen? Der Windstetter geht am zweiten September in Urlaub«, weiß der Seewirt. »Der Förster kann zur Zeit nicht ins Revier, weil er den Haxen in Gips hat. Und der Renk kann allein auch nicht überall sein. Seit wann hast du denn Bedenken, dass etwas schief gehen könnt? Von der Seite kenn ich dich ja gar nicht! Hat vielleicht die

Gödl Martha schon so ein braves Manderl aus dir gemacht?«

»Lass die Martha aus dem Spiel«, faucht ihn Christoph an. Dann schweigt er eine Weile. »Und der Jörgl mag nicht ohne mich?«, fragt er dann.

»Grad der Jörgl könnt das Geld so nötig brauchen«, sagt der Seewirt mitleidig. »Und dass du einen alten Kameraden im Stich lässt ...«

»Davon kann keine Red sein«, antwortet Christoph mürrisch. »Wenn ich noch einmal mitmache, dann bloß wegen dem Jörgl. Schenkt mir nicht so viel ein. Meint ihr, dass ich leichter ja sag, wenn ihr mich besoffen macht?«

»Du vertragst schon noch was, Christoph«, lacht der Seewirt. »Wenn ich daran denk, was du einmal für ein Kerl warst! Wie war das gleich, als du über die Klamm gesprungen bist? Und dann damals, als der Windstetter dir schon dicht auf den Fersen war?«

Der Seewirt wurde nicht müde, Christophs »Heldentaten« aufzuzählen. Er verglich ihn mit dem Wildschütz Jennewein, der nichts anderes gekannt habe als seine Büchs und den grünen Wald.

Allmählich wird Christoph davon angesteckt, und je mehr Wein er trinkt, desto gesprächiger wird er und erzählt unter Lachen und Schenkelklopfen, wo und wann er den Jägern eins ausgewischt habe, bis er schließlich grölend anstimmt: »Ich bin ein freier Wildbretschütz ...«

Die andern fallen ein, und schließlich ist Christoph so weit, dass er halb und halb zustimmt: »Aber zuerst muss ich mich mit dem Jörgl noch absprechen. Und dass wir uns klar sind: Es ist das letzte Mal!«

»Darauf trinken wir noch eine Runde Steinhäger!«, bestimmt Aichler und legt brüderlich den Arm um Christophs Schulter.

Fast um die gleiche Zeit sitzt der Hasenbauernknecht Hansjörg Bichler mit der Holltinger Amalie in deren Sommerhäusl, das dicht beim väterlichen Anwesen mitten im Obstgarten steht.

Der Jörgl ist einer von den wenigen Bauernknechten, die es in diesem Tal noch gibt. Er ist etwa achtundzwanzig Jahre alt, ein untersetzter Bursch mit schwarzen Augen und einem kleinen Bärtchen. Seit einem Vierteljahr balzt er jetzt schon um die Amalie herum, ohne recht weit gekommen zu sein.

Die ist ein schmuckes, braunhaariges Dirndl und war einige Zeit in Wiessee in einem Hotel als Köchin. Doch jetzt ist sie daheim, weil ihre Mutter krank ist. Seit die Amalie begonnen hat, dem Jörgl blitzende Augen zu machen, ist der Bursch ganz vernarrt. Sie will auf sicher gehen, hat sie ihm gesagt. Sie könne ihn gut leiden, das gewiss, aber ob er ihr sagen könne, wie er sich eine sichere Existenz vorstelle. Es sei nicht verlockend, die Frau eines Bauernknechts zu werden.

Aber der Jörgl hat so etwas wie eine sichere Existenz in Aussicht. Die Wirtschaft am Weg von Kirchzell nach Allertsberg wäre zu pachten. Aber es müssten achttausend Mark Kaution gestellt werden. Sechstausend hat er sich bereits gespart, wenn die Amalie auch einen Tausender dazulegen könnte, den letzten Tausender, den will er sich jetzt mit leichter Mühe noch verdienen.

Die Amalie hätte die achttausend Mark allein hinlegen können, wenn ihr ernst gewesen wäre.

Aber sie ist neugierig, wo der Jörg den letzten Tausender so leicht daherbringen will.

»Das sag ich nicht so gern«, weicht der Jörg aus. Dafür stellt er der Amalie in Aussicht, wie man die in letzter Zeit heruntergekommene Wirtschaft wieder hochbringen könnte. »Ich würde von Früh bis in die Nacht hinein schuften, und gemeinsam mit dir, wo du doch eine so gute Köchin bist, wäre es doch gelacht, wenn wir in ein paar Jahren nicht über dem Berg wären.« Der Jörgl gerät ins Schwärmen. »Vielleicht könnten wir dann die Brauerei fragen, was die Wirtschaft wohl kostet und sie gar kaufen.«

»Das ist alles recht und gut, Jörg. Aber wo willst du die tausend Mark jetzt hernehmen?«

»Du bist aber eine«, lacht der Jörg, legte ihr den Arm um die Schultern und rüttelt sie ein bisschen. »Wer wird denn gar so wissbegierig sein?«

»Wenn du jetzt schon Heimlichkeiten hast vor mir, wie soll denn dann das hernach sein?«, fragt sie, als sei sie beleidigt. »Wo kannst du mit leichter Müh tausend Mark verdienen?«

»Sie gibt keine Ruh!«, stöhnt er. »Also, pass auf, Amalie ...«, noch näher rückt er an sie hin und flüstert: »Mein Büchserl nehm ich halt und geh damit ins Revier. Es ist da was Größeres geplant, weißt.«

»Ach so, wildern meinst du?«

»So kann man es auch nennen. Der Staat spürt das ja gar nicht. Vier oder fünf Hirschen weniger, das spielt keine Rolle. Der Staat nimmt uns ja auch die Steuern ab, der wildert nicht schlecht in unserm Geldbeutel!«

»Ich weiß nicht, ob man das vergleichen kann. Du musst es ja wissen, Jörg. Aber allein kannst du doch ...«

»Allein bin ich nicht. Aber wer noch dabei sein wird, das darf ich dir jetzt wirklich nimmer sagen, Amalie.«

»Nein, ich zwing dich nicht, jemanden zu verraten. Mich tät es bloß interessieren, wann das sein wird.«

»In der Nacht vom siebten auf achten September. Das ist eine Sonntagnacht. Du brauchst dir aber keine Sorgen zu machen, Amalie. Und jetzt gib mir endlich ein Bussl.«

Dieser Kuss wird ihm so schnell und flüchtig auf die Wange gegeben, dass der Jörg gar nicht dazukommt, ihren Kopf zu umfassen und sie festzuhalten.

»Jetzt muss ich aber ins Haus«, sagt die Amalie und steht auf. »Es wird mir zu kalt, weißt.«

»Ich tät dich schon aufwärmen«, meint der Jörg verwundert und sieht ihr verdrossen nach. Er versteht nicht, warum er bei dem Mädl nicht weiterkommt. Seufzend wendet er sich zur Straße und sucht den Heimweg.

Die Amalie aber steht im dunklen Hausflur, wartet, bis die Schritte auf der Straße sich entfernen. Erst dann betritt sie die Stube und dreht das Licht an.

Von der Ofenbank erhebt sich ein Mann.

Sie fliegt in seine ausgestreckten Arme und schluchzt: »Markus, so einen Auftrag darfst mir nie mehr geben! Ich komm mir wie eine Verräterin vor. Im Grunde genommen ist er doch ein guter Mensch, der Jörg, und er vertraut mir so.«

Der Jäger Windstetter streichelt ihr beruhigend übers Haar und versucht sie zu trösten.

»Als Verrat darfst es nicht ansehen, Amalie. Ich seh es als Beweis dafür an, dass du mich gern hast.«

»Und wie«, gesteht sie ihm. »Aber was ich heut aus Lieb zu dir gemacht hab, Markus, ich weiß nicht, ob das recht ist. Wenn das aufkommt, ich kann mich ja in Kirchzell nimmer sehen lassen!«

»Geh, du Tschaperl, du! Wie soll denn da was aufkommen? Was du mir sagst, bleibt bei mir. Schau, fast über zwei Jahr bin ich hinter der Spur her, ohne dass es mir jemals gelungen wäre, einen von den Wilddieben auf frischer Tat zu ertappen. Wär es dir denn lieber, wenn ich eines Tages von ihrem Schießeisen getroffen würde?«

»Um Gottes willen. Markus! Sag so was nicht! Ich hab dir jetzt den Wunsch erfüllt, aber jetzt lass mich bitte aus dem Spiel.«

»Ja, Amalie, das verspreche ich dir. Aber jetzt komm, und erzähl mir der Reihe nach, was du aus dem Jörg rausgebracht hast.«

Am Eingang zur Wiesmaadschlucht steht unter den Bäumen ein grauer Lieferwagen. Die Zigarette in der hohlen Hand verbergend, geht Kranner neben dem Wagen auf und ab. Zuweilen bleibt er stehen und horcht in den Wald hinein. Kein Laut in der Nacht, als nur das Rauschen des Wasserfalles und zuweilen der Ruf eines Käuzchens.

Zwei Männer, die Kranner mitgebracht hat, sind mit einem Handkarren auf Gummirädern bergwärts unterwegs. Sie sollen die Beute herunterbringen und auf den Lieferwagen laden. Es ist alles genau berechnet, und nach menschlichem Ermessen kann gar nichts schief gehen.

Nur der Tannhofer Christoph ist nicht so ruhig wie sonst. Seine Erregtheit geht auch auf den Jörg über. Sie hocken am Rand einer Lichtung auf einem

Baumstumpf, die Büchsen entsichert, und warten. Der Jörg gähnt einmal laut, und Christoph stößt ihn gleich in die Rippen.

»Nicht so laut! Du tust ja grad, als ob wir auf einem Spaziergang wären!«

»Sind wir doch auch. So günstig haben wir es noch selten gehabt. Der Windstetter ist in Urlaub, der Förster sitzt daheim, und der Renk ist auf der andern Seite des Berges in der Jagdhütte. Ich hab ihn beobachtet, wie er am Abend vor der Hütte gesessen ist. Bis der da rüberkommt, liegen wir längst im Bett.«

»Ich wollt, ich läg im Bett«, flüstert Christoph zurück.

»Geh, was hast denn heut? So aufgeregt warst du doch noch nie.«

»Ich hab ja auch bis jetzt noch nie geheiratet. Morgen früh um neun Uhr ist meine Trauung. Menschenskind, wenn die Martha eine Ahnung hätt, dass ich da heroben sitz! Aber das sag ich dir, Jörg, bei mir ist es heut das letzte Mal!«

»Bei mir auch. Und wenn du morgen Hochzeit feierst, Christoph, ich ...«

»Pst«, unterbricht ihn Christoph. »Da schau hin, jetzt kommen sie!«

Ein Rudel Hirsche tritt langsam auf die Lichtung heraus. Christoph hebt die Büchse, fast gleichzeitig tut es auch der Jörg.

Der erste Schuss kracht.

Dann ist auf einmal die Hölle los. Taschenlampen blitzen auf. Gewehrkugeln pfeifen ihnen um die Ohren, sie hören Glas splittern und immer wieder den Ruf: »Die Waffen weg! Ergebt euch! Polizei!«

Verwirrt sieht Christoph sich um.

Sie sind umzingelt, wie scharfe Scheinwerfer richten sich die Lichtkegel auf ihn und den Jörg. Wieder reißt Christoph die Büchse hoch, doch als sich der Schuss löst, stürzt er mit einem Schrei auf die Knie, bevor er zu Boden schlägt.

Ein Gesicht beugt sich über ihn.

Mit schmerzverzerrtem Mund starrt Christoph in diese triumphierenden Augen, dann dreht er den Kopf zur Seite.

»Endlich, Meißner! Auf diesen Augenblick hab ich lang warten müssen.«

»Wer hat uns verraten?«, stöhnt Christoph und greift mit beiden Händen nach seinem rechten Bein.

»Niemand«, antwortet der Jäger und beugt sich nieder.

»Bist du verletzt, Meißner?«

»Mein Haxn! Wenn ich nur wüsst, wer das war!«

Windstetter winkt ein paar von den Grenzjägern heran, die zur Verstärkung angefordert worden sind. Auch der Förster ist auf einmal da.

»Wir haben gleichzeitig hochgerissen, Herr Förster. Meine Kugel war schneller. Es tut mir wirklich Leid, aber ...«

»Ich mach dir keine Vorwürfe, Windstetter. Du bist im Recht. Trotzdem, ich hab diese Sachen nicht gern. Leucht einmal her, wie weit fehlt es denn?«

Christoph hat einen Steckschuss im rechten Oberschenkel und schreit auf, als sie ihn vom Boden aufheben.

»Meißner, Meißner! Was ist denn bloß in dich gefahren? Morgen hättest du Hochzeit gefeiert! Sofort zum Arzt hinunter!«

Auf dem Weg dorthin, zwei Grenzjäger tragen Christoph auf einer rasch zusammengebundenen

Trage, kommen sie an dem Lieferwagen vorüber. Christoph nimmt nur schemenhaft wahr, dass auch dort einige Grenzjäger um ein paar Männer stehen. Und nun weiß er genau, dass alles verraten worden sein muss.

Dann fallen ihm die Augen zu. Bewusstlosigkeit umfängt ihn, und er fährt erst mit einem Schrei in die Höhe, als Doktor Burgstaller mit einer Sonde die Wunde untersucht.

Dann weiß er wieder nichts mehr, und er erwacht im Kreiskrankenhaus in einem weißen Bett, als man ihm die Kugel aus dem Oberschenkel bereits entfernt hat.

Eine Schwester kommt herein.

»Wie spät ist es?«, fragt er im Halbschlaf. »Wo bin ich denn überhaupt?«

»Es ist jetzt halb sieben Uhr, Christoph, und du bist auf Zimmer 15 im Kreiskrankenhaus.«

Christoph blinzelt und sucht in seiner Erinnerung.

»Ach, die Liesbeth vom Lehrer Krüger, gell?«

»Ja, genau! Wir sind zusammen in die Schule gegangen, Christoph.«

Er versucht, seine Gedanken in die Reihe zu bekommen. Dann fährt er mit einem Ruck hoch.

»Ich muss sofort heim! Um neun Uhr hab ich Hochzeit.«

»Die wird ohne dich stattfinden müssen«, lacht die Schwester, »denn vor vier Wochen wirst du hier kaum herauskommen. Sei bloß froh, dass dir das Bein erhalten bleibt.«

Mit einem Stöhnen lässt er sich in die Kissen zurückfallen.

»Was wird bloß die Martha sagen?«

Die Frühnebel liegen im Tal. Es ist sechs Uhr, als die Tannhoferin unter die Haustür tritt und nach dem Wetter ausschaut. Die letzen Sterne erlöschen gerade, der Mond ist schon hinuntergewandert. Im Zuhäusl streckt der Steffl den Kopf aus dem Fenster, grüßt herüber: »Das gibt einen schönen Tag heut!«

Das Morgenläuten klingt vom Tal herauf, als die Tannhoferin wieder ins Haus geht und in die Stube tritt. Mit einem dankbaren Blick betrachtet sie Christophs fein säuberlich ausgebreiteten schwarzen Hochzeitsanzug, der auf dem Kanapee liegt. Die blank gewichsten Schuhe stehen daneben. Das weiße Hemd hängt über dem Stuhl.

Jetzt ist doch noch alles recht geworden. Christoph heiratet in den schönen Gödlhof ein und Robert hat wieder Fuß gefasst in der Heimat. Sie hat es wohl gesehen, wie er manchmal am Abend durch den alten Bauerngarten geht, da und dort eine Stütze zurechtrückt, die unter einen Ast gespreizt ist, an dem in reicher Fülle die Apfel hängen.

Und nun wird es Zeit. Sie geht in den Flur und ruft die Stiege hinauf: »Buben! Bärbel! Zeit ist's!«

Zuerst kommt die Bärbel herunter und geht gleich in den Stall. Dann kommt Robert.

Zehn Minuten vergehen.

Die Tannhoferin geht ein zweites Mal vor die Treppe: »Christoph! Komm doch, du verschläfst ja sonst deine Hochzeit!«

Keine Antwort kommt.

Robert hört einen Schrei und rennt die Stiege hinauf. Die Tannhoferin sitzt in Christophs Kammer auf der Bettkante und hat die Hände im Schoß verkrampft.

Das Bett ist unberührt.

»Christoph ist heut Nacht nicht daheim gewesen!«, sagt sie mit tonloser Stimme.

Robert begreift sofort.

Er geht ans Fenster und schaut hinaus. Vom See steigen Nebel hoch, über den östlichen Bergen erhellt sich der Himmel in rötlichem Schein.

Er sieht den Förster und den örtlichen Polizeimeister den Fußweg herauf kommen. Langsam dreht Robert sich um und legt den Arm um die Schultern der Mutter.

»Mutter, ich fürcht, da ist was Schreckliches passiert. Komm, wir gehen runter.«

Die Tannhoferin sitzt immer noch da wie erstarrt, als die beiden Männer schon wieder gegangen sind. Dann erst findet sie Worte: »Diese Schande! Diese Schande! Ja, ist denn der narrisch geworden? Wie kann er nur so dumm sein? Wer soll es jetzt der Martha beibringen!«

»Es wird nichts anderes übrig bleiben«, meint Robert, »als dass ich in den sauren Apfel beiße.«

»Wenn es dir schwerfällt, Robert, dann fahr ich mit dem Radl nach Penting«, bietet sich Bärbel an.

Robert betrachtet sie einen Augenblick. Er weiß nicht, ob er lachen oder weinen soll. ›Ich glaube, dich könnte man ins Fegfeuer schicken, um jemanden herauszuholen‹, denkt er und sagt: »Nein, Bärbel, lass nur. Das ist meine Aufgabe. Bitter genug ist sie ja, aber es gibt Schlimmeres. Sind wir froh, dass es so abgegangen ist. Er könnte auch tot da droben liegen im Wald oder geflüchtet sein, so wie der Hasenbauer Jörg, der spurlos verschwunden ist, wie der Förster sagt.«

Robert geht hinaus, fährt den Wagen, den sie am Vorabend mit Blumen geschmückt haben, aus der

Garage, reißt die Blumengirlanden weg und fährt davon.

In der Stube beim Gödl zu Penting steht die Braut auf einem Schemel. Vor ihr kniet die Näherin, richtet da und dort noch eine Rüsche und kann sich gar nicht beruhigen, was für eine wunderschöne Braut die Martha sei.

Der Myrtenkranz liegt noch auf der Kommode und wartet darauf, dass er auf die Haarkrone gesteckt wird. Der Gödl kommt herein, hat bereits die lila Samtweste an und den schwarzen Rock über dem Arm. Bewundernd pfeift er durch die Zähne, geht zu der Standuhr und zieht die Gewichte hoch. Die Gödlin schießt von einem Zimmer ins andere, öffnet ein paar Schubladen und sucht nach einem bestimmten Rosenkranz, den sie schließlich auch findet.

Nur die Braut bewahrt Ruhe. Der große Tag ist nun gekommen. In zwei Stunden trägt sie den Ring am Finger.

»Am besten ist's, Vater, du trinkst heut bloß einen Schorle, wegen deiner Leber«, mahnt die Gödlin und ist schon wieder draußen.

Der Gödl lacht.

»Was du dir für Sorgen machst wegen meiner Leber! Einmal im Jahr wird sie es schon aushalten. Am Hochzeitstag meiner Tochter mag ich Wein trinken. Und zwar einen guten Tropfen, gell, Martha? Was habt ihr denn eigentlich beim Hirschwirt ausgehandelt?«

Martha steht nun im hellen Sonnenlicht, das zum Fenster hereinfällt. Sie trägt den Familienschmuck mit den Rubinen, den ihr die Mutter zum ersten Mal überlassen hat, und legt den seidenen Brautschal um. Ohne große Eitelkeit betrachtet sie ihr Spiegelbild und beginnt aufzuzählen: »Nach der Kirch gibt es Weißwürst, dann kommt das Mittagessen mit Hochzeitssuppe, Kalbsbraten mit Knödel und hernach eine Eisbombe, um drei dann Kaffee und Torten, um fünf eine Brotzeit mit Schinken, geräucherten Würsten, und um sieben Uhr ein Spanferkel vom Grill. Dazu halt Bier vom Fass und einen Südtiroler Wein und vielleicht einen Obstler zwischendurch.«

»Das hört sich gut an. Die Verwandtschaft soll in zehn Jahren noch davon reden, wie nobel es bei der Gödlhochzeit hergegangen ist! Zwanzig Mann Musik, hast gesagt?«

Die Martha nickt, bückt sich vor, damit die Näherin ihr den Myrtenkranz ins Haar setzen kann.

»Der Christoph hätt am liebsten dreißig Mann gehabt«, sagt die Martha. »Aber ich hab gesagt, dass zwanzig Mann schon Krach genug machen in so einem Saal.«

»Dann folgt er dir also doch, der Christoph«, meint der Gödl. Im selben Augenblick gewahrt er den Wagen, der in schneller Fahrt den Berg heraufkommt.

»Ich glaub, da kommt schon der Robert und holt uns ab. Aber ein paar Blümerl hätten sie schon hintun können an den Wagen.«

Der Kies knirscht vor der Haustür.

Robert betritt die Stube und blickt in die erwartungsfrohen Gesichter. Er hat sich unterwegs zurechtgelegt, wie er es sagen könnte, aber jetzt bringt er keinen Ton heraus.

»Also dann, fahr'n wir halt«, sagt Martha lachend.

Robert hebt abwehrend die Hand. »Der Christoph kann heute nicht heiraten«, sagt er leise. »Heute Nacht ist ein Unglück passiert.«

Martha schreit auf und greift nach der Hand ihres Vaters. »Aber Christoph ist nur verletzt, er ist nicht in Lebensgefahr.«

Der Gödl weist ihm mit einer stummen Geste einen Stuhl.

Robert erzählt, was ihm der Förster vor einer Stunde berichtet hat. Zuerst herrscht bedrücktes Schweigen, dann bricht die Gödlin in Schluchzen aus, der Gödl wird krebsrot im Gesicht und brüllt, dass die Fensterscheiben zittern.

»Also, das ist doch allerhand! Hat denn der Kerl Stroh im Hirn? Wie stehen wir jetzt da? Prügeln könnt ich ihn! Jetzt hast es, weil du ihm die Stange allweil so gehalten hast!«

»Schrei mich doch net so an, Vater«, sagt die Martha. »Ich kann doch nichts dafür«, und zu Robert gewandt: »Ist er schlimm dran?«

»Was Genaues wissen wir auch noch nicht. Am Nachmittag fahren wir zu ihm.«

Ruhig entschlossen, als mache ihr das gar nichts aus, nimmt Martha den Myrtenkranz ab und legt ihn in die Schachtel zurück. »Was heut nicht sein kann, ist halt dann ein andermal«, sagt sie, aber ihre Stimme zittert.

»Hast denn du gewusst, dass er wildert?«, fragt der Gödl, immer noch wütend.

Die Martha schaut ihn mit ihren großen Augen fast mitleidig an. »Nein, Vater. Wenn ich es gewusst hätt, dann ...«

»Vielleicht hättest es du auch nicht abwenden können, Martha«, sagt Robert. »Das Schicksal kann man nicht aufhalten. Ich soll euch auch noch sagen, dass es der Mutter furchtbar Leid tut.«

»Davon haben wir auch nichts«, antwortet die Gödlin.

»Doch, mir sagt es was, und ich kann es der Tannhoferin nachfühlen«, meint der Gödl schon etwas ruhiger.

»Die Blamage! Die Blamage!«, schluchzt die Gödlin immer wieder.

Martha legt ihr die Hand auf die Schulter und stellt fest: »Der kommt mir nicht aus! Einmal wird er ja wieder gesund sein.«

»Dann kriegt er ein paar Jahr Gefängnis«, rechnet der Gödl aus. Das klingt aber schon nicht mehr so wütend.

»Das muss man abwarten«, meint die Martha.

Wieder auffahrend, fragt der Gödl: »Ich glaub, du bist wirklich so vernarrt und schluckst die Schand! Aber ich lass mir das nicht bieten! Ich nehm mir einen Rechtsanwalt und verklag ihn! Dann muss er zahlen, der Gauner!«

»Für was denn?«, fragt jetzt die Gödlin. »Er hat ja unser Madl nicht sitzen lassen.«

»So ist's recht! Hilf du nur auch dazu!«

Mit erhobenem Zeigefinger steht der Gödl dann vor Robert, der sich schweigend für den Bruder abkanzeln lässt. Den ganzen Groll schüttet er über Robert aus, bis es ihm einfällt: »Eigentlich kannst ja du nichts dafür.«

»Nein, ich kann wirklich nichts dafür. Meinst du, Gödl, dass wir nicht froh sein sollten, dass der Christoph noch lebt?«

»Na ja, wenn man es so betrachtet«, antwortet er immer noch schnaubend. »Aber das sag ich dir: Zum

Hirschwirt gehst jetzt du hin und sagst, dass die Hochzeit ins Wasser gefallen ist. Und wenn er eine Entschädigung verlangt, dann könnt ihr Tannhofer das zahlen! Ich nicht!«

»Wenn's denn sein muss, halt ich dort auch noch meinen Buckel hin«, meint Robert und wendet sich zum Gehen.

Die Martha begleitet ihn hinaus. Während sie vor dem Auto stehen, gibt sie zu: »Ich kann dir gar nicht sagen, Robert, wie furchtbar mir das ist. Ich darf es mir nur nicht so anmerken lassen. Trotzdem, wenn du ihn heute besuchst, dann sag ihm, dass ich zu ihm halte und auf ihn warte.«

»Das wird ihm die größte Freud sein, die ich ihm bringen kann. Es schaut halt jetzt alles ein bisschen trüb aus. Aber es wird schon wieder heller werden. Wenn er aus dem Krankenhaus entlassen wird, dann schau ich nach einem tüchtigen Rechtsanwalt. Der wird ihn dann schon raushauen. Viel schlimmer wär's, wenn von den Jägern oder den Grenzern einer angeschossen worden wär.«

»Da hast du Recht, Robert. Sagst ihm einen schönen Gruß, und ich werd ihn in den nächsten Tagen besuchen.«

Robert drückt ihr fest die Hand. Dann dreht sie sich um und geht ins Haus zurück. In ihrer Kammer schlägt sie die Hände vors Gesicht, wirft sich aufs Bett und weint.

14

Kirchzell ist durch diese Ereignisse unverhofft zu einer Sensation gekommen. Die Meinungen gehen hoch her, aber man sieht noch nicht ganz klar durch dieses Dickicht. Der Förster, der es am besten wissen müsste, schweigt sich aus. Der Seewirt ist ein paar Tage in Haft gewesen, dann hat man ihn vorerst wieder entlassen. Die Hauptfigur in diesem nächtlichen Drama scheint der Hasenbauerknecht Jörgl gewesen zu sein. Aber der ist spurlos verschwunden. Einem Gerücht nach ist er über die Grenze nach Italien gegangen und hat sich nach Südamerika einschiffen wollen. Insgeheim freut man sich, dass dem Pfiffikus das gelungen ist. Besonders der Holtinger Amalie fällt ein Stein vom Herzen, als sie es hört. Den Tannhofer Christoph trifft allgemeines Bedauern, weil er sich hat verführen lassen und nun als einziger Leidtragender mit einer gefährlichen Schussverletzung im Krankenhaus liegt. Dass dies alles in der Nacht vor seinem Hochzeitstag geschehen ist, macht die Sache nur noch tragischer. Offensichtlich sind alle Sympathien bei ihm und der tapferen Martha Gödl, die es jedem sagt, der es hören will, dass sie trotz allem zum Christoph halten wird.

Verbittert schweigt der Jäger Markus Windstetter, der es ganz anders weiß. Zwar kann auch er nicht behaupten, dass Christoph ihm die Taschenlampe aus der Hand geschossen hat, aber er hält den Tannhofer für einen ganz gerissenen Hund, der das Mitleid, das ihm jetzt zukommt, weidlich ausnützt. Bei einer Dienstbesprechung klagt er dem Förster sein Leid: »Der Tannhofer und der Seewirt werden lügen wie gedruckt, und zum Schluss wird man mich noch mit Verachtung strafen, weil ich es gewesen bin, der den netten, freundlichen Tannhofer Christoph noch vor seinem Hochzeitsmorgen beinahe erschossen hätte.«

Der Förster zündet sich seine Pfeife an und meint seelenruhig: »Es ist niemals festzustellen, von wem und wo die Gerüchte ausgehen. Reg dich nicht auf, Windstetter. In sechs Wochen redet kein Mensch mehr darüber. Und das musst du dir merken, nicht die Wilderer sind die Gauner, sondern wir Forstbeamten. Das sind noch die Überbleibsel seliger Wildererromantik. Denk nur an den Jennerwein, den sie zum Volkshelden gemacht haben.«

Auch auf dem Gödlhof hat sich der Bauer wieder beruhigt. Und als die Martha sagt, dass sie am Samstagnachmittag mit dem Tannhofer Robert ins Kreiskrankenhaus fährt, schafft ihr der Bauer an: »Sagst ihm, dass ich ihm ein paar saftige Ohrfeigen geb. Ganz umsonst soll er uns nicht blamiert haben!«

Anschließend gibt er der Tochter aber eine Schachtel Zigaretten mit, die sie Christoph geben soll.

Es ist ein schöner Herbsttag.

Im Garten des Krankenhauses haben sich die Blätter schon gefärbt. Eine Ordensschwester schneidet im Pflanzgarten gerade einen Strauß Astern ab, als Robert seine zukünftige Schwägerin vor dem Kreiskrankenhaus aussteigen lässt. Er hat noch ein paar Besorgungen zu machen und will in einer Stunde nachkommen.

Die Martha schleppt ganz schön an dem Korb, den sie gefüllt hat mit Lebensmitteln, Wein und Sekt. Warum sie meint, Christoph müsste hier hungern, weiß sie selber nicht. Auf alle Fälle, den Schinken wird er schon mögen, und der Wein ist ein guter Jahrgang.

Sie sucht nach Zimmer 15 im ersten Stock. Der Klang ihrer Schritte auf dem Linoleumboden hallt durch den Flur. Ihr Herz klopft nun doch ein bisschen schneller, als sie an die Zimmertür klopft.

Christoph schaut sie etwas ängstlich an und wappnet sich gegen die Vorwürfe, mit denen sie ihn überschütten wird. Sie ist gekommen, und das ist ihm schon viel wert.

»Oh mei, Martha«, sagt er nur.

Martha hat aber gar nicht im Sinn, ihm Vorwürfe zu machen. Als sie ihn nun so im Bett sieht, und seinen kläglichen, hundetreuen Blick, stellt sie ganz einfach ihren Korb zu Boden, setzt sich auf den Bettrand und legt behutsam den Arm um seinen Hals.

»Was machst du denn für Sachen?«, fragt sie und lacht ihn dabei an. »Hast Schmerzen, Christoph?«

Er schüttelt den Kopf und küsst sie.

»Weil du nur grad da bist, Martha! So viel hab ich an dich denken müssen und an die Blamage, die ich dir angetan hab.«

»Red nicht davon! Hast Hunger? Wann kommst raus?«

Das ist so ihre Art, rasch und bestimmt zu fragen, so dass man meinen könnte, sie kenne kein Erbarmen. Aber ihr Herz fließt fast über vor Mitleid. Ihre kräftige Hand streichelt über sein Haar und seine Wange.

»Armer Christoph. Wie kannst denn auch so dumm sein und dich verführen lassen von so einem Lackl wie dem Hasenbauerknecht! Jetzt hast es! Du kannst da liegen und Schmerzen aushalten, und der andere ist fort. Man sagt, dass er schon auf der Fahrt nach Chile wär.«

Über Christophs Gesicht huscht ein Leuchten. Wie Musik klingt das in seinen Ohren. Es hat ihn die ganze Zeit bedrückt, was wohl mit dem Jörgl geschehen ist.

»Jetzt ist es schon passiert«, sagt er und legt Traurigkeit in seine Stimme. »Es hilft auch nichts, wenn ich es heut bitter bereue.«

»Mach dir keine Gedanken, Christoph. Du kannst ja nichts dafür, gell?«

»Naja, so zur knappen Hälft ungefähr, glaub ich, kann ich schon was dafür. Aber die Hochzeit, die holen wir so bald es geht nach.«

»Wenn du wieder auf den Füßen stehen kannst. Hast Schmerzen?«

»Es geht. Dir zulieb halt ich's gern aus.«

Sie gibt ihm ein Bussl und wickelt ein Stück Schinken aus. »Da schau, so schön durchwachsen!«

»Genau wie du«, scherzt Christoph. »Wenn ich dich nicht hätt, Martha!«

Nun hat der Herbst seinen Mantel vollends über das Land geworfen. Im Oktober steigen nochmals wunderschöne Tage auf mit einem tiefblauen Himmel.

Ratternd gehen die Motorpflüge über die Äcker und wenden die Schollen, gleich drei auf einmal. Nur ganz vereinzelt sieht man noch ein Pfluggespann mit Pferden droben auf den Steiläckern, wo der Traktor sich nicht bewährt.

Auch auf dem Grandlacker geht so ein Pfluggespann. Christoph stützt sich schwer auf den Pflugsterzen. Er zieht den rechten Fuß immer noch ein wenig nach.

»Sie haben es nur Ihrer robusten Natur und vor allem Ihrem gesunden Blut zu verdanken, dass wir Sie schon entlassen können«, hat der Chefarzt gesagt. »Sie haben unverschämtes Glück gehabt, nur ein paar Zentimeter weiter links, und Ihr Bein wäre verloren gewesen.«

Er solle sich daheim noch etwas schonen, hat man ihm gesagt. Aber Christoph hat den Ehrgeiz, Einiges von dem gutzumachen, was er durch seine Leichtfertigkeit der Mutter aufgebürdet hat. Darum pflügt er auf dem Grandlacker, auch wenn er manchmal die Zähne zusammenbeißen muss.

Robert steht daheim im neuerbauten Atelier und meißelt an einer Christophorusfigur. Weiter hinten steht eine Diana, die ein Rennstallbesitzer für zwanzigtausend Mark in Auftrag gegeben hat. Ach, er hätte Arbeit auf Jahre hinaus! Die Herbstausstellung in Berlin soll auch beschickt werden. Er hat den Christophorus dafür vorgesehen. Zuweilen hält er inne und schaut durch das große Fenster hinaus. Er sieht den Bruder am Waldrand und erinnert sich, wie er selber da droben hinter dem Pflug gegangen ist.

Robert weiß nicht, wer es ihm eingibt. Es ist nicht, weil er sieht, dass der Bruder humpelt, es ist ein ganz anderes Gefühl, eines, das man nicht ergründen kann: Er zieht den weißen Mantel aus und geht mit weiten Schritten den Berg hinauf, wartet am Ackerrain, bis Christoph zurückkommt und wendet.

»Lass mich«, sagt Robert kurz. »Dir kommt das Gehen noch schwer an in dem weichen Ackerboden, und ich will sehen, ob ich's noch kann.«

Er nimmt ihm die Zügel aus der Hand, spreizt die Finger um die Pflugsterzen und klemmt sie fest zusammen.

»Wüah!«

Die Pferde spitzen die Ohren beim Klang der fremden Stimme. Dann ziehen sie an, und die Scholle legt sich glatt hinüber und glänzt in der milden Herbstsonne. Christoph sitzt eine Weile am Ackerrand und schaut dem Bruder zu, bis er merkt, dass Robert es ernst meint und nicht nur einer Laune wegen ein paar Furchen ziehen will. Er steht auf und geht zum Hof hinunter.

Immer wieder setzt Robert den Pflug ein. Ganz allein ist er auf dem Bergacker, so wie vor Jahren. Furche um Furche legt sich zur Seite, wie die Blätter in einem Buch.

Auf einmal steht die Bärbel am Ackerrand mit einem Korb, in dem Brot und Wurst liegen und eine Flasche Bier.

»Magst nicht Brotzeit machen, Robert?«, fragt sie und fügt gleich hinzu: »Die Mutter hat geweint, wie sie dich hinterm Pflug hat gehen sehen.«

»Geweint?«, fragt er und wendet das Gespann.

»Ja, vor lauter Freude.«

Robert wickelt das Leitseil um die Pflugsterzen und geht zu ihr.

»Willst mir nicht ein bissl Gesellschaft leisten, Bärbel?«

Sie setzt sich zu ihm ins Gras und schaut zu, wie er mit dem Messer kleine Stücke von Brot und Wurst schneidet und vom Bier trinkt.

»Magst auch trinken, Bärbel?«, fragt Robert sie.

Sie kann nicht aus der Flasche trinken wie er. In dünnen Fäden rinnt etwas Bier in ihren Halsausschnitt hinein. Das Kopftuch ist dabei in den Nacken geglitten. Robert muss hellauf lachen und nimmt ihr die Flasche aus der Hand. »Schau her, so musst das machen!«

Die Bärbel aber denkt nur: ›Ich hab da getrunken, wo sein Mund war, und nun trinkt er wieder da, wo meine Lippen waren.‹

Jetzt sieht er sie nachdenklich an. Auf ihrer Stirn liegen kleine Schweißtropfen vom raschen Gehen. Sie kommt ihm mit einem Mal anders vor als sonst. Und plötzlich wird ihm bewusst, dass die Bärbel, in der er eine Schwester gesehen hat, ihn liebt. Und ihm fallen die hundert und tausend Handreichungen ein, die er von der Bärbel immer schon entgegengenommen hat, ohne ihr jemals dafür zu danken. In seinem Atelier stehen immer frische Blumen auf dem Tischchen, und wenn ein kalter Regentag ist, brennt ein Feuer. Das alles hat er für ganz selbstverständlich genommen, hat sich nie bewusst gemacht, dass sich hinter all den kleinen Dingen eine große Liebe verbirgt.

Er sieht auf ihren Scheitel nieder, und eine große Zärtlichkeit geht durch sein Herz.

»Du liebe Bärbel, du«, staunt er, legt die Arme um ihre Schultern, zieht sie an sich und küsst sie. Er fühlt dankbar, wie sie seine Zärtlichkeit erwidert.

»Ach, Robert«, flüstert sie. »Wie lang hab ich mich nach einen Kuss von dir gesehnt!«

»Aber du hättest es mir nie gesagt?«

Sie schüttelt den Kopf und lehnt sich an seine Brust.

Die Pferde fangen an zu grasen. Robert steht auf und nimmt die Zügel wieder auf.

Bärbel schaut immer wieder in sein Gesicht, das ernst ist und schwer, dieser neuen und doch vertrauten Arbeit des Pflügens hingegeben. Die ganzen Stunden bleibt sie bei ihm, bis die Schatten lang werden. Dann hilft sie ihm ausspannen, setzt sich neben ihn auf den Wagen und fährt mit heim.

Die Tannhoferin steht beim Brunnen und sieht sie in den Hof einfahren. Sie sagt kein Wort, steht nur da, wie durchleuchtet von einem Glück, das sie nicht mehr erwartet hat.

Spät in der Nacht, als Robert im Atelier noch arbeitet, spürt er plötzlich einen Luftzug von der Tür her. Er nimmt die kurze Pfeife aus dem Mund, legt das Werkzeug zur Seite: »Du, Mutter?«

»Ich hab nicht früher kommen wollen, weil doch die Bärbel bei dir war.«

Ein flüchtiges Lächeln huscht über seine Mundwinkel. »Sie ist ganz still dagesessen und hat mir zugeschaut. Die kann zuschauen, Mutter. Auch zuschauen muss man können. Ganz still dasitzen, weißt du, so als ob eins nicht da wäre und doch da ist.«

Die Tannhoferin setzt sich auf die Polsterbank beim Ofen.

Robert löscht den großen Scheinwerfer aus, so dass nur mehr die kleine Lampe beim Ofen brennt. Dann setzt er sich neben die Mutter.

»Das ist nämlich so, Mutter ... ich wollte eigentlich heute noch mit dir darüber sprechen ...«

»Ich weiß doch, wie es ist«, sagt die Tannhoferin und nimmt seine Hand. »Heut hab ich die Bärbel zum ersten Mal wieder singen gehört, so wie früher.«

Er nickt und ihm ist, als streife ihn in dieser Stunde die Vergangenheit. Ein Gesicht taucht auf wie ein Schemen und versinkt wieder. Macht einem anderen Platz. Zeit ist verflossen und hat alles mitgenommen, so wie ein Gebirgsbach bei Hochwasser. Keins der beiden Gesichter mahnt oder fordert. Hilde hat ihn geliebt, daran zweifelt er heute nicht mehr. Auch Linde hat ihn geliebt. Mit beiden ist er ein Wegstück gegangen, die Erinnerungen liegen am Rande des Weges und machen Platz für Neues. Die Dritte in seinem Leben heißt nun Bärbel.

Dann hört er die Mutter sagen: »Wenn es dir ernst ist, Robert, und Spaß verträgt die Bärbel nicht, das könnt sie vernichten, dann warte nicht mehr lange. Die Jahre sind auch nicht spurlos an mir vorbeigegangen. Es ist schon ein ganz schöner Silberstreifen in meinem Haar.«

»Die Hälfte davon geht auf meine Rechnung, die andere geht auf Christoph.«

»Ich mach weder dir noch Christoph einen Vorwurf.«

Die Tannhoferin holt ein paar Mal tief Atem. Dann sagt sie geradeheraus: »Halt gleichzeitig mit dem Christoph Hochzeit, am zwölften November.«

»Das wäre vielleicht gar nicht so dumm, Mutter. Am gleichen Tag geboren. Warum sollen wir nicht am gleichen Tag Hochzeit halten?«

»Das werden wir morgen besprechen«, meint die Tannhoferin und steht auf. »Gehen wir schlafen jetzt.«

Robert löscht die Lampe und sperrt die Tür ab. Dann legt er den Arm um die Schultern der Mutter. Über dem Hof stehen die Sterne, als sei der ganze Himmel eine blühende Wiese. Ein leiser Wind flüstert in den Baumkronen, und immer wieder fällt da und dort ein reifer Apfel ins Gras.

Von der Doppelhochzeit der Tannhoferbuben wird noch lange gesprochen. Sie ist das Prächtigste gewesen, was jemals geboten worden ist.

Bald darauf kommt der Winter. Er kommt gleich grimmig, mit viel Schnee und klirrendem Frost. Christoph hat diese Zeit gebraucht, um sich auf dem Gödlhof einzugewöhnen, obwohl die Martha es ihm leicht gemacht hat. Zuerst hat der Gödl ein bisschen misstrauisch das Werken des Jungen verfolgt. Doch dann wird er ihm immer geneigter. Christoph ist von einer ruhigen Gelassenheit, hat kaum mehr etwas an sich von seinem früheren Ungestüm. O ja, er weiß schon, wie er es angehen muss!

»Wie meinst du, Vater?«, kann er fragen, wenn er etwas Neues anpacken will, um gleich hinzuzufügen: »Es war nur eine Frage.«

Er hätte nie geglaubt, dass er einmal so an einer Frau hängen könnte. Manchmal treibt es ihn mitten von der Arbeit ins Haus. Dann umarmt er sie stürmisch, küsst sie und geht wieder. Erst nach Neujahr hat Christoph Grund, die Stirn zu kräuseln und sich hinter den Ohren zu kratzen. Mit Zustellurkunde wird ihm mitgeteilt, dass am zehnten Februar vor der großen Strafkammer des Landgerichts die Verhandlung gegen ihn wegen Wilderns stattfindet.

»Es wird schon nicht so schlimm werden«, tröstet Martha.

»Wäre schlimm, wenn ich bloß ein halbes Jahr einsitzen müsst!«

»Dann wärst du ja gar nicht da, wenn unser Kind kommt!«

»Da müsst ich zwar nicht unbedingt dabei sein, aber es ist schon Sach genug, wenn ich so lang ohne dich sein müsst. Die harten Pritschen im Gefängnis, und bei dir daheim hätte ich das weiche Bett und dich daneben! Wenn ich da bloß dran denk, friert mich schon!«

In der Verhandlung schüttelt der Vorsitzende des Gerichts ein paar Mal den Kopf und schiebt seine Brille auf die Stirn: »Wenn das so ist, Angeklagter, und ich meine jetzt nicht Sie allein, sondern auch die Angeklagten Aichler, Kranner und den Seewirt, dann wären nicht Sie die Angeklagten, sondern die Forstbeamten. Lügen ist schon recht, aber so wie Sie lügen, muss es dem Dümmsten klar sein, dass hier etwas nicht stimmt. Meißner, geben Sie doch zu, Sie haben gewildert?«

Christoph zuckt mit den Schultern, legt Wehmut in seinen Blick und gesteht: »Ein einziges Mal hab ich mich überreden lassen und bin mitgegangen. Ich hab nicht auf den Jäger geschossen, das war der Jörgl. Bittschön, Herr Rechtsanwalt, rucken Sie schon raus mit dem Schreiben.«

Der Rechtsanwalt zieht das Schreiben aus seinem Aktenkoffer. »Das Schreiben ist an die Kirchzeller Gendarmeriestation gerichtet. Es stammt aus Penaflor bei Santiago, und in diesem Schreiben gesteht ein gewisser Hansjörg Bichler, dass er ganz allein für jene Nacht verantwortlich sei. Er habe dem Jäger die Taschenlampe aus der Hand geschossen. Das solle ihm einmal einer nachmachen! Der Meißner Christoph habe mit all dem nichts zu tun. Und wenn man einen verurteilen müsse, dann sei er es. Aber sie müssten ihn erst haben.«

Christoph verteidigt sich mit einer Redegewandtheit, dass Robert, der mit Martha im Zuhörerraum sitzt, nur staunen kann. Die Tannhoferin meint ihren Mann leibhaftig vor sich zu sehen, wenn er auf einer Bauernversammlung gesprochen hat.

Auch sein Rechtsanwalt, Dr. Leipold, ein junger Heißsporn, hält ein so glänzendes Plädoyer, dass Richter, Staatsanwalt und Schöffen die Köpfe heben und diesem Meisterwerk lauschen.

Trotz allem bleiben an Christoph sechs Monate mit Bewährung hängen.

Hernach, im »Schwarzen Adler«, fragt Christoph, wie und in welcher Art er sich bewähren solle. Und während der saftige Zwiebelrostbraten aufgetragen wird, erklärt sein Rechtsanwalt, dass er sich nichts zu Schulden kommen lassen dürfe in dieser Zeit, sonst müsse er die sechs Monate absitzen.

»Zum Beispiel?«, fragt Christoph.

»Nun, zum Beispiel keinen Verkehrsunfall verursachen, keine Rauferei anzetteln, nicht einmal einen Fisch ohne Erlaubnis fangen«, schmunzelt der Rechtsanwalt.

»Bloß gut, dass das Heiraten nicht verboten ist.«

»Du bist ja schon verheiratet, was willst denn?«, antwortet die Martha darauf. »Oder reut es dich vielleicht?«

»Mich reuen?«, lacht der Christoph und reißt die Augen auf. »Eine Bessere hätt ich ja gar nicht erwischen können! Bloß das Widersprechen muss ich dir noch abgewöhnen. Das hat es bei uns am Tannhof nicht gegeben.«

Die Martha lächelt nur, denn sie kennt ihn ja mittlerweile, und mag ihn so, wie er ist, mit seinen Sprüchen und seinen kleinen Fehlern.

An diesem Abend sitzen sie alle einträchtig auf dem Tannhof beisammen. Der Steffl hat eingeheizt, die Buchenscheite knacken im Ofen, während der kalte Februarwind um das Haus pfeift. Die Bärbel hat Schweinernes mit Kraut und Knödln gekocht. Die Burgl schläft dabei fast ein.

Die Nacht ist ohne Sterne, und ein Schneegestöber fegt über die Höhe hin, als Christoph mit seiner Frau heimfährt. Die Hoflampe brennt, die Tannhoferin, Robert und Bärbel stehen auf der Tür und sehen dem davonfahrenden Auto nach, bis das Motorengebrumm verstummt ist.